一生一世一双人

纳兰容若的词与孤独

阮易简 著

江苏凤凰文艺出版社

图书在版编目（CIP）数据

一生一世一双人：纳兰容若的词与孤独 / 阮易简著.
— 南京：江苏凤凰文艺出版社，2017.6
 ISBN 978-7-5594-0260-8

Ⅰ.①一… Ⅱ.①阮… Ⅲ.①传记文学－中国－当代 Ⅳ.①I25

中国版本图书馆 CIP 数据核字(2017)第 085392 号

书　　名	一生一世一双人：纳兰容若的词与孤独
著　　者	阮易简
责任编辑	梁雪波　汪　旭　王宏波
出版发行	江苏凤凰文艺出版社
出版社地址	南京市中央路 165 号，邮编：210009
出版社网址	http://www.jswenyi.com
印　　刷	江苏扬中印刷有限公司
开　　本	890×1240 毫米　1/32
印　　张	8
字　　数	150 千字
版　　次	2017 年 6 月第 1 版　2018 年 9 月第 2 次印刷
标准书号	ISBN 978-7-5594-0260-8
定　　价	38.00 元

（江苏凤凰文艺版图书凡印刷、装订错误可随时向承印厂调换）

引言

纳兰容若在《渌水亭杂识》里记有一份由娑罗树生出的感怀，大意是说：五台山上有许多娑罗树，当地僧人每每夸张它们的灵异，甚至于图画镂版，以慰善男信女的诚心。但是，如巴陵、淮阴、安西、伊洛、临安、白下、峨眉山等地，娑罗树在所多有，一点都不珍稀。听说广州南海神庙有四株娑罗树，高大不同寻常。今天京师卧佛寺也有两株娑罗树，高耸有凌云之势。同一种树木，在五台山被视为珍奇，在其他地方却籍籍无名，看来即便是草木，也有幸与不幸之别啊。

容若所谓的娑罗树，又名七叶树、无忧树、菩提树，佛陀睹明星而悟道便是在此树之下，故而佛教视之为圣树。"娑罗"是梵语的音译，意思是"坚固"。玄奘法师《大唐西域记》有记载说：这种树的树皮是青白色，叶子极其光润，生长得远较其他树木为高。

在木匠眼里，娑罗树是优质硬木的提供者，最适合打造家具。而在佛教徒看来，谁胆敢砍伐这样的圣木呢？但同样生在佛门圣地，北京卧佛寺的娑罗树得不到半点香火，山西五台山的娑罗树却连镂版印刷的图画都能被人顶礼膜拜。生活环境的微妙不同竟然可以造就这样的差异，这真是不得不使人迷信天意了。当容若记下自己对娑罗树的一点感怀时，或许不曾想到，这一番感怀完全可以看作他自己一生遭际的贴切隐喻，就连娑罗树的全部异名都那般离奇地关合着他的身世。

阮易简

二〇一四年七月

目 录

壹　康熙十三年　/　001

容若最美丽、最感人的词作，几乎都是为妻子而写的，为她的生，更为她的死。这是一场离经叛道的婚姻，因为他们竟然彼此相爱。

贰　身世悠悠何足问　/　027

纳兰成德的改名极见巧妙，"成德"与"性德"其实大有关联，出处就在《中庸》的一句话里。

叁　我家凤城北，林塘似田野　/　049

他的身世虽然使他注定与鲁仲连无缘，反而要在大清帝国的官场上小心翼翼地陪王伴驾，但是，他同样利用自己的特殊地位，利用自己是权倾朝野的明珠之子的身份，做了太多鲁仲连一样的义举。

肆　国子监里的十七岁·词的机缘　/　057

国子监是汉人生员的天下，很难得会有纳兰成德这样的旗人公子。成德太喜欢到这样的环境里来，父亲明珠更是乐于看到儿子能真心成为响应康熙帝文化政策的领头者。

伍　桃花羞作无情死　/　083

　　他的八股文水平究竟高到怎样的程度呢？只要举一个事例就足以说明：成德练习八股文的习作被人编辑成书，名为《梓里文萃》，成为当时实用类的大畅销书，凡是有心参加科举考试的人几乎人手一册。

陆　不信鸳鸯头不白　/　099

　　这一年里，词坛最大事情是朱彝尊登门拜访纳兰容若。当时的人们还看不出这件事的意义，只有当纳兰词名满天下之后，人们才醒悟这一次会面简直等同于唐诗世界里李白与杜甫的会晤。

柒　德也狂生耳　/　115

　　《芦洲聚雁图》至今犹存，我们可以在台北"故宫博物院"看到它的真迹，画面上钤有"容若鉴藏"，依稀使人想见容若与严绳孙当初悠然赏画的风采。

捌　当时只道是寻常　/　141

　　小夫妻的温存夜晚永远是纳兰容若最快乐的时刻。卢氏的一颦一笑，生活中的每一个哪怕再微不足道的细节，在容若的眼里都是那样的风情万种，让他忍不住去怜惜。

玖　但是有情皆满愿，更从何处着思量　/　167

　　康熙帝纵是一代英主，毕竟也有凡人的喜怒与无常。对于那些善于察言观色的人，侍奉这样一位主人倒也算不得难事，但容若何曾学过察言观色的本领呢。

拾　莫教星替　/　181

　　世间很多悲剧性的婚姻都是这样造成的：以太多的外部指标来做权衡，却发现在一切指标满足之后,两个人却永远无法被一种叫作"爱"的东西吸引到一起,永远鸡同鸭讲,永远同床异梦。

拾壹　已是十年踪迹十年心　/ 193

单纯从词的艺术造诣而言,这首在今天并不甚流传的《水龙吟》无论如何也算是全部纳兰词里的顶尖之作,唯一的遗憾就是曲高和寡了些。

拾贰　江南四月天　/ 205

容若低估了沈宛的决心,她无法忍受这种咫尺天涯的相思滋味,无法忍受越来越多的冷眼和冷遇。还是江南的家乡最好,在那里慢慢读着从北方流传过来的最新的纳兰词,在真正的千里之外让心底泛起一些并不奢华的思念,也许这才对彼此更好吧?

拾叁　有限好春无限恨　/ 223

索隐派的红学家一再声称,《红楼梦》就是以明珠的家世为蓝本的,纳兰明珠和纳兰容若正是贾赦和贾宝玉的原型,渌水亭是大观园的原型,纳兰容若与酒朋诗侣们在那里的诗词唱和的快哉生活正是大观园海棠诗社之所本。

后　记:遗迹　/ 239

附　录:通议大夫一等侍卫进士纳兰君墓志铭(徐乾学撰)　/ 241

一

壹 康熙十三年

康熙十三年（1674），一个金戈铁马、血雨腥风的年份。

前一年的年尾，"三藩之乱"正式爆发，战火由冬及春，转眼之间便吞噬了湖湘与四川。时距清军入关已逾三十个年头，曾经戎马叱咤的八旗精锐早已经懈怠得不成样子，只愿在天下和平的气氛里安心享受当年拼死挣得的政治红利。耆宿名将也已经凋零殆尽了，满朝武将还有谁能是吴三桂的敌手呢？年仅二十岁的康熙帝长于深宫之中，养于妇人之手，行事作风满是年轻气盛之下的独断专行，大清帝业会不会就这样轻易地毁在他的手里呢？

今天我们在上帝视角下遥望这段历史，会晓得康熙大帝英明神武，而吴三桂的气焰最多只是一名老人的回光返照罢了。太多的历史读物都在后知后觉地给我们灌输着这样的"必然"，但是，倘若我们真的生活在康熙十三年的大清治下，很可能会将胜利的赌注投在吴三桂的一边。

德国作家罗尔夫·多贝里记述自己偶然发现了舅公的日记："1932年，舅公从伦茨堡移居巴黎，去电影界碰运气。1940年8月，在德军占领巴黎一个月后，他在日记中写道：'这里的所有人都预料德军在年底前后又会撤走，德国军官也向我证明了此事。英国会像法国一样快速沦陷，然后我们将最终重新恢复我们的巴黎生活——虽然是作为德国的一部分。'今天,任何人翻开有关'二战'的历史书,面对的都将是一个完全不同的历史。法国被占领了四年,这似乎更符合一种战争逻辑。"

历史总是由太多的偶然促成,而史书的编撰者每每将偶然写成定数,将零星的事件用一根牢固的因果链条串联起来。当然,历史并非全然没有规律,仅以康熙初年的历史来说,削除三藩是迟早的事情,谁让这三藩既拥兵自重,又要每年消耗掉朝廷半数左右的财政收入呢。症结不在于该不该削藩,而在于应该怎样削藩。朝廷重臣们的看法几乎是一致的:循序渐进,将最难啃的骨头放在最后,甚至不妨等到吴三桂死后,当他的继承人不再有足够的威望与能力的时候。

但康熙帝不喜欢这样,他正在年轻气盛的时候,他要的是一举解决三藩问题,他并不觉得这是一件多么令人为难的事情。老成持重的元老重臣们尽职尽责地阻止着这位少年天子的轻举妄动,只有最工于心计的人才有可能在这样的局面里窥见金光闪闪的晋身之阶。时任兵部尚书的纳兰明珠坚定地站在了康熙帝的一边,不惜与同僚们争执到面红耳赤,甚至反目成仇。政治生涯归根结蒂就是站队问题,最忌讳的就是做好好先生,必须旗帜鲜明选择一边才行,为此必须勇于开罪同僚。于是,在年轻势孤的康熙帝最需要支持的时刻,纳兰明珠果断地站在了他的一边,与元老贵族公开决裂。

二

对于康熙帝而言，削藩是对帝国命运的一场豪赌；对于纳兰明珠而言，削藩是对个人政治前途的一场豪赌。官场的规则就是这样，一旦削藩失败，甚或是削藩过程中出现了一点点激起舆情的变故，皇帝自然不必负责，而支持削藩最力的大臣必然会成为皇帝的替罪羊接受最严厉的惩处，"以平天下悠悠之口"。

出身决定策略，对于纳兰明珠这样一个苦出身的大臣而言，注定无法从元老派那里得到多大的支持，既然如此，反而不如借削平三藩的机会与元老派彻底决裂的好。

纳兰明珠，别看他现在官居兵部尚书，却是一个毫无政治背景、几乎完全凭白手起家的人。有多少像他这样的男人希图以婚姻改变命运，以凤凰男和孔雀女的组合为自己在政治生涯中寻到第一块垫脚石，但纳兰明珠的妻子偏偏是一个任谁都避之唯恐不及的罪臣女子：她是阿济格的女儿，努尔哈赤的孙女，本该是人人艳羡的公主，谁料想阿济格在兄弟之争中落败，收监赐死，革除宗籍，家产也尽被抄没。就是在这样的时候，卑微的纳兰明珠才有机会"高攀"上这位失势的贵主。

以这样的婚姻背景行走在名利场上无异于剑走偏锋，也只有纳兰明珠这样绝顶聪明的人才能够巧妙地运用这层关系为自己谋取最大限度的政治利益。他是一个沉稳而老辣的野心家，他很明白该如何在关键的时刻把自己赌在关键的阵营里。

在个人的政治面前，国家利益完全可以忽略不计。很难相信以纳兰明珠的见识，竟然看不出以雷霆手段削平三藩会是一件何等冒险的事业，大清帝国即便不致因此而陷入万劫不复的境地，至少也要经历连绵不绝的战火，使无数生灵涂炭。但那又有什么关系呢？一将功成万骨枯，亿万凡俗生命无非是大人物博弈的棋子，自己又凭什么仅仅因为做上了兵部尚书便天真地以天下国家为己任呢？

三

倘若依循元老派的策略，燃烧了八年战火、耗尽了天下资财的"三藩之乱"原本不会发生，但康熙帝年轻气盛，纳兰明珠推波助澜，生生要逼迫吴三桂兴师决战。这是最容易激荡年轻人心灵的故事，人们喜欢看到一个乾纲独断、力排众议的皇帝，喜欢看到激进的、不怕流血的大政方针，这样的帝王才有资格成为芸芸众生的精神偶像，而战争既不是血腥屠戮，也不是妻离子散，只是高歌猛进之中的英雄传奇。

当吴三桂从云南挥师北上的时候，一路上的要塞与城镇非破即降，史载"各省兵民，相率背叛"，不到一年的时间里便几乎占据了江南全境。随即山西、陕西、甘肃诸省纷纷改旗易帜,就连河北总兵都在忙着和叛军暗通款曲,准备举事响应,北京城里则不断爆发骚乱,人心尽在惶惶之中。一些史书极尽阿谀的精神称这一切变故早在康熙帝的预料之中,世人毕竟以成败论英雄,胜利者更不介意将所有的运气表述为高瞻远瞩。

在康熙十三年(1674),"三藩之乱"方兴未艾的时候,没有人看得清时局的走向。兵部尚书纳兰明珠以王朝命运作为自己政治生涯的赌注,因此成为少壮派里风头最劲的人物,亦成为年仅二十岁的康熙帝最为仰赖的臣子。

四

这一年,明珠的长子纳兰性德也刚满二十岁。

在儒家的传统里,二十岁标志着男子的成人,所以在这一年要举行冠礼,亦即成人礼,在仪式中加冠、取字,从此人们不再称他的名,而改为称他的字。纳兰性德,字容若,从此人们称他容若。

成人世界里的事情接踵而来,既然已经加冠、取字,接下来就该娶妻生子了。亲事早已定好,亲家是曾任两广总督的汉人卢兴祖,这一年他已经解职还京,从南国带回了那个青春待嫁的女儿,让她与容若正式成婚。

明珠家里的喜事还不止这一桩,就在容若成婚的同时,明珠生下了第二个儿子,取名揆叙。现代人很难想象这种略嫌蹊跷的家庭关系,但对于古代的大户人家,这实在是再寻常不过的事情。

这是风雨飘摇的一年,也是万象更新的一年。就是在这一年里,比利时耶稣会士南怀仁在历尽坎坷之后终于赢得了康熙帝的信任,就任钦天监监正,一切天文仪器皆以西洋新法重新制造。现代人或许觉得这无关宏旨,然而古人一向视天文学为关乎帝国命脉的核心学术,所以非但任何天文机构必须由中央政府直辖,甚至严令禁止民间的一切天文研究。历法,古人称之为正朔,奉行谁的正朔就等于认可谁的政治权威,而得自《春秋》的万世大法更认为正朔必得其正,所以天文事业实在半点也马虎不得。

今天研究科技史的人每每认为康熙帝信任南怀仁只出于纯技术上的原因,其实不然,没有哪个聪明的皇帝会对纯粹的天文技术抱以如许的热忱,尤其在叛军已经席卷了半个国家的时候。康熙帝如此做,更多的是出于政治上的目的:以历法的准确性强调大清正朔实为天命所归,在军事失利的局面下安定人心。

在天文历法的西洋制造浪潮里,传统计时用的铜壶滴漏悄然被自鸣钟取代。容若因为父亲的缘故,有幸在第一时间里大开眼界,万千感慨集成了一篇《自鸣钟赋》:

缅昔二仪肇判,三辰初曦。轩辕制器

尚象，伊祁治历明时。岐伯铸钟而调嶰竹，挈壶司漏以协璿玑。用能揆合昏旦之盈缩，平章度数之精微。是以仲叔、羲和守之，百世而勿失；天官、太史用之，亿代而靡违者也。丕惟圣祖龙兴，造邦中宇。聪明时宪，风云应虞。改革制度，厘定规矩。历授西洋，法依古里。厥初爰有自鸣之钟，创于利马豆氏。虽形体之大小多所殊，而循环于亥子初无异。至其后人之传教，推步益臻于神妙。帝乃命以钦天，纪官司于凤鸟；易刻漏以兹钟，建灵台于云表。显列众辰之图，深藏运机之奥。抉宣夜之渊弘，殚周髀之浩渺尔。其外之可见者，加尺茎于圆上，俨窥天之玉衡。譬夸父之逐日，莫之推而勇行。辰标上下四刻之初正，刻著一十四分之奇赢。尺每交于一辰之疆界，则内钟之不可覩者，若为考击而闻声。始则宫商间发，继则剽栈齐鸣。珰珰丁丁，鎗鎗铮铮。随烟高下，从风飘零。既犹伦、夔之和律吕，渐若襄、旷之奏韶韺。逾半晷而稍歇，遇中正而愈鏗。盖如龙吟寂而虎啸旋起，猿啼息而鸡号迭兴。实动仪苍昊健行之无息，而一准朱轮飞辔之均平。赐谷虞渊，蚤暮不差于累黍；昆吾蒙汜，书宵罔忒于权衡。故其为声也，不假鲸鱼之象，非由乐人之撞。四序流音于汉殿，奚关铜岫之颓；终年叶韵于丰山，岂尽繁霜之降。于以范围岁月，统章而无乖；消息寒暑，晦朔而勿爽。此其造历之密，不徒与太初、麟德为颉颃；制作之精，非仅同弘度、承天相揖让。知自此枫庭蓂荚，可勿生阶；彤陛鸡人，无烦戴绛。总由一机杼所自舒卷，若有群鬼神为之鼓荡。于是深宫听之，不失九重之宵旰；在位闻之，毋愆百职之居诸。纵令雨晦风潇，而惜阴之士自识晨昏而运甓；即使终霾且曀，而刺绣之姬应知中昃而添丝。或处深山幽谷之中，若聆音而起，当弗昧于茅索绹之候；或居修竹长林之内，若辨响而兴，亦勿迷弋凫与雁之期矣。余为辗转思维，末由悟其蕴；低徊俯仰，惟有叹其神。则知焉是钟者，诚默夺造化之工巧，潜移二气之屈伸。徇足媲铜仪玉箫，垂为典则而难改；且可配大挠章亥，祀之奕世而常新。迨将黜公输而褫子野，夫何周礼凫氏之足云。

以中国传统文体吟咏一种西洋器物，在当时绝对是一种离经叛道的举动。中国传统上本就鄙薄所谓奇技淫巧，任凭你是巧夺天工的匠人，任凭你有怎样卓绝的发明创造，统统不会赢得士大夫阶层的尊重，何况这自鸣钟是创自"夷狄"的技术呢。容若这篇文章,是为康熙帝的天文历法改革而张目,所谓"丕惟圣祖龙兴,造邦中宇。聪明时宪,风云应虞。改革制度,厘定规矩",自鸣钟虽然是个不登大雅之堂的小小器物,背后却有当时最先进的天文理论的支撑,而这样的去故纳新,历来岂不都是圣王英主的事业吗?

儒家十三经里有一部《周礼》,其中记载有"凫氏"一职,专门负责铜钟的制造。《周礼·考工记·凫氏》详细记载有造钟的技术要领,历来非但被人们奉为技术上的圭臬,甚至奉为政治哲学上的圭臬,但容若在文章的结尾轻轻道出"夫何周礼凫氏之足云",毫不讳言《周礼》已经落后于时代了,尽管这是一切固执守旧的人士都不愿看到的事情。

王国维《人间词话》有评论说:"纳兰容若以自然之眼观物,以自然之舌写情。此由初入中原,未染汉人风气,故能真切如此。北宋以来,一人而已。"正是因为容若有"初入中原,未染汉人风气"的身世,虽然自幼学习汉文化,虽然儒学造诣超越了太多同龄的汉人,但血脉里仍有着草原民族的天真质朴,不惮于将心底的想法娓娓道出,兼之生长于官宦之家,陪伴于帝王之侧,眼界自然比常人开阔许多,一篇离经叛道的《自鸣钟赋》又算得了什么呢?

五

容若从不惮于离经叛道,尤其对于自己最钟爱的事情，比如填词，比如迎娶他心爱的妻子。康熙十三年，对于容若来说，对于纳兰氏全家来说，最大的一件事情莫过于容若的婚事了。任三藩之乱如火如荼，任台湾郑氏家族的水军在沿海地区虎视眈眈，任朝中太多元老重臣站在纳兰明珠的对立阵营里，那又如何，哪比得卢氏入门来得重要？

容若有一首写给新婚妻子的《茉莉》，貌似咏物，咏一束南国的茉莉花，深层的意思两人心照不宣：

> 南国素婵娟，春深别瘴烟。
> 镂冰含麝气，刻玉散龙涎。
> 最是黄昏后，偏宜绿鬓边。
> 上林声价重，不忆旧花田。

容若要办一场与众不同的婚礼，一场恢复儒家古礼的婚礼，一场安安静静、恬淡雅致的既标榜自己一贯的审美趣味，又藏着对新婚妻子的印象与期待的婚礼。

今天我们熟悉的婚礼样式其实很不传统。自从隋唐以来，胡风浸淫，婚礼越发变得喧嚣热闹。清代又杂入了太多满人的习俗，以至于锣鼓喧天，爆竹彻地。然而容若生性好静，而且比汉人更热衷于儒家古礼，他决意要彻底无视于当时的习俗，办一场依据儒家古礼的婚礼——这才是自己结婚该有的样子，亦是最配得起"南国素婵娟"的仪式。

于是直到多年之后，容若的那场婚礼依然成为街谈巷议的焦点话题。汉人士大夫诧异于一位满洲青年竟然真的将儒家古礼操办得有模有样，百姓人家则诧异于这位豪门公子夸张到死的低调。是的，在古礼当中，婚礼并不鸣钟奏乐，而是以安静为特色的，是在黄昏时分静悄悄地举行的——"婚"字原本作"昏"，"成婚"原本写作"成昏"，就是由黄昏的涵义而来的。

当然，贵族的婚礼也很能大操大办，比如现在流行的迎亲车队的风俗早在周代就已经有了。《诗经》当中有一篇《韩奕》，描绘韩侯娶妻的场面，韩侯亲自到岳父家里去接妻子，这就是周礼中的"亲迎礼"，是传统婚礼的"六礼"之最后一项，但"六礼"之说也许只是后儒附会，实际只有"三礼"，所谓"六礼"或许和《诗经》的"六义"一样，是出于对神圣数字"六"的比附。但无论"六礼"还是"三礼"，亲迎礼都是最后一项，这一环节就类似于现代社会的婚礼，而在两千多年前，行亲迎礼的韩侯以上百辆的彩车组成了一个浩浩荡荡的豪华车队，直奔岳家而去，而这样的车队规模，在当时足够打一场中型战争了。

但是，无论车队多么豪华、多么浩大，按规矩，这个亲迎礼总是要在黄昏举行的。《仪礼·士昏礼》有士这一阶层结婚礼数的详细记载，说新郎要把亲迎的用车漆成黑色——这可不是为了低调，因为按照周礼，士的用车标准是栈车，大夫才能乘坐墨车，这在平时是不能僭越的，但婚礼的情况特殊，允许士把自己的车漆成黑色，当作大夫一级才能享受的墨车去迎接新娘，让自己更有面子一些。

新郎坐上了墨车，一行人还要带上火把，因为这已经是黄昏了，天很快就要黑了。天黑，车也黑，人更黑——新郎的衣裳要绣黑边，随从穿的都是黑衣，等到了岳家，看到的也是一众身穿黑衣的女眷。大红大绿的装束和吹吹打打的作风一样，是社会平民化之后的产物，不是周代这个贵族社会所有的。

亲迎之后，天自然已经黑了，于是，一群黑衣人乘着黑车，打着火把，月黑风高地回家去了。到了自家，天已大黑，新郎和新娘要吃上一顿来补充能量，然后用一种专门的合卺杯喝酒，这就是饮合卺酒，也就是现代婚礼的交杯酒，只不过这种特殊形制的杯子在清代以后就算失传了，现代人只是用普通酒杯搞简化的合卺礼了。

这一夜的共食与共饮叫做"共牢而食，合卺而饮"，是一种特殊化的饮食方式。如果按照古人宴会的常规，分席而坐，分餐而食，反而类似于今天西餐的吃法，猪牛羊肉等等都分在每人各自的餐具里。结为夫妻之后，两人合吃一份，是为"共牢"；卺的原始形态则是一个瓢破作两半，夫妻各用一半，合起来是一个整瓢，是为"合卺"。

合卺酒喝完之后，新婚夫妇回房就寝。等到了第二天清晨，新娘沐浴梳妆之后，这才第一次拜见公婆。我们在古装影视作品里惯见的"一拜天地，二拜高堂,夫妻对拜"的仪式在这个时候还没有出现。

整个婚礼过程是以静为主的。孔子说过:"嫁女之家,三夜不息烛,思相离也;取妇之家,三日不举乐,思嗣亲也。"新郎家里一连几天都不能奏乐,为的是照顾新娘的情绪——人家毕竟刚刚离开了父母,年纪又那么小。所以说,婚礼虽然是件喜事,但是喜中有悲,低调一些才更符合人之常情。

《礼记·郊特牲》还有一个明确的说法:"昏礼不用乐",给出的理论依据是:结婚属阴,音乐属阳,所以不能用阳来破坏阴。甚至婚礼还不需要别人祝贺,因为结婚意味着传宗接代,传宗接代意味着新陈代谢,做人子的自然不能无所感伤,故而无心受贺。

及至,汉代"昏礼不贺"更由《白虎通义》被官方确定为全国统一的行为准则。尽管这种阴阳理论更像是汉人的观念,但"昏礼不用乐"确是周代以来一贯如此的。

容若和卢氏就这样安安静静地成婚了,虽然极尽低调,却很有点冒天下之大不韪的意思。父亲明珠却丝毫不以为意,因为在婚姻大事上,容若与明珠实在一脉相承,有一份近乎不可理喻的执拗。

六

官宦人家的婚姻,从来无关于爱情,只关乎政治与经济的联盟。所以婚姻从来不是小夫妻两个人的事情，而是两个家族的重要事业。在权力的鳄鱼潭里摸爬滚打的人，有多少成也婚姻，败也婚姻。接受一个人的提亲往往意味着拒绝许多人的提亲，也就意味着会得罪许多越想便越是不敢得罪的人。

当初明珠迎娶容若的母亲爱新觉罗氏，历经多年仍然是京城人士茶余饭后的话题。两人的婚姻乍看起来似乎是政治上的强强联姻：爱新觉罗氏是满清皇族，叶赫那拉氏则是屡出后妃的大族。满清开国年间，叶赫那拉氏的孟古格格嫁给清太祖努尔哈赤，生下清太宗皇太极，被尊为孝慈高皇后；及至清末，垂帘听政的慈禧太后也是叶赫那拉氏的女子。可以说爱新觉罗氏与叶赫那拉氏正是大清帝国里绵延蕃息的龙族与后族。

但是，明珠偏偏出生于叶赫那拉氏光环边缘的一个没落家庭。他的父亲，也就是容若的祖父尼雅哈官微职卑，给不了孩子太多的荫蔽。渐渐长大成人的明珠也走上了和父亲一样的道路，似乎要以皇家小职员的身份终老一生了。

可想而知，没有哪个高门大族愿意把女儿嫁入这样的一个既看不到半点实力，亦看不出半点前途的家庭，但明珠竟然"高攀"上了阿济格的女儿。

阿济格是努尔哈赤的第十二个儿子，是鳌拜一样的人物，以勇武善战名扬天下，赢得过巴图鲁（勇士）的称号，受封英亲王。当然，这样的豪门原是明珠万万也高攀不起的。不要说什么跨越门第的爱情，那只是今天古装偶像剧里的戏说罢了，豪门子女无一不是家族的政治筹码，谁要娶谁，谁要嫁谁，哪里容得下"自由恋爱"来施展拳脚呢？

顺治七年（1650），摄政王多尔衮病逝于围猎途中，压在阿济格头上唯一的一块石头就这样轻易掉落了。阿济格立即施展雷霆手段，意欲取代多尔衮的地位，成为新的摄政王，成为大清帝国里真正掌握核心权力的人，结果却因为智谋不足而在残酷的政治斗争中落败，被逼自尽，而他的儿子们或者随父自尽，或者被褫夺了爵位，或者被削除了宗籍，"墙倒众人推"的规则在一切权力场上都是金科玉律。

七

阿济格的名字忽然如同瘟疫一般，使一切人避之唯恐不及。昨天里还忙于阿谀奉承的党羽，一夜之间便纷纷摆出决绝的嘴脸，声称自己早就看出阿济格这厮怀有不臣之心。只有阿济格硕果仅存的子女们无法与十恶不赦的父亲大人撇清干系，只有在世人的冷眼中以自怨自艾的姿态迎接茫然不知所措的未来。

明珠就是在这个时候迎娶了阿济格的女儿，当然，也只有在这种时刻，卑微的明珠才可以"高攀"上曾经如此炙手可热的女人。没人知道他究竟是怎么想的，这难道不是为他那本来就已经看不到

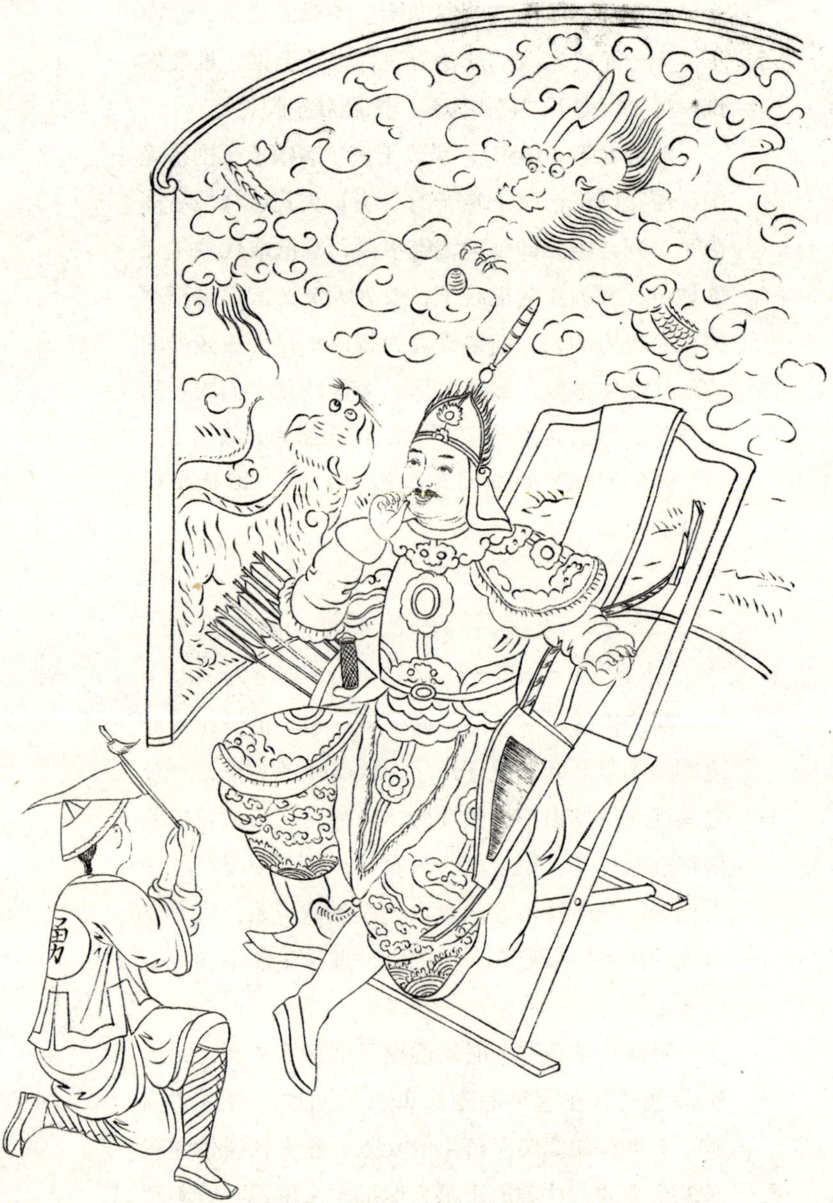
勇

希望的仕途生涯关上了最后一扇门么？

明珠的仕途是从大内侍卫开始的，用今天的概念来说，他是一名皇家警卫员。乍看起来，虽然官微职卑，却有着亲近皇帝的机会，只需要一次偶然的表现就可以博来皇帝的重视。和珅不就是在侍卫乾隆帝出行的途中因为一次得体的答对而赢得了后者的青眼相加么？但是，明珠根本接近不到皇帝。

清代侍卫分为三类，地位最高者为御前侍卫，由皇帝直接统领，他们才是皇帝身边真正的贴身警卫员；次者为乾清门侍卫，由御前大臣统领，负责皇宫的安全；最末等为大门侍卫及蓝翎侍卫，由领侍卫内大臣统领，聊备杂役而已，连乾清门都进不得。

明珠在蓝翎侍卫中任职云麾使，名号听起来威风八面，实际大约相当于一个剧组里的剧务组长，负责仪仗的保管和陈设罢了。若换作平时，阿济格怎会看得上这样的蓬门小户，阿济格的女儿更怎会看得上明珠这样一个沉浮在食物链底层的小人物呢？"看不上"都已经是对明珠一家的抬举之词，"看不见"才是更加残酷的真相。无奈政治上的沧海桑田只在一转眼间，昔日的金枝玉叶再没有人愿意亲近。人们莫不认为，年轻美丽的爱新觉罗氏将会守着处子之身孤独终老，谁也想不到一名蓝翎侍卫甘愿冒着前程尽失的风险风风光光地迎娶了他。

没有人知道年轻的明珠为何会有这样的胆量，为何会这般"不智"，难道他是一个久已无心仕进的人，索性就这样破罐子破摔不成？难道他在很久以前就曾经仰慕过她，怀着可望而不可即的惆怅思念着她？有限的史料到底不曾告诉我们事情的真相，但无论如何，明珠都不是一个简单得只剩下爱情的人。

八

事实上，明珠是一个情商极高、善于察言观色的人。如果你是他的上司，你会越来越依赖他；如果你和他平级，你会知道他早晚必定会赢得你的仰视；如果你是他的下级，你会在如沐春风的心情里为他加班加点，为他铺就高升的台阶。明珠仕途上的第一份惊喜，正是他的顶头上司遏必隆带给他的。

遏必隆并不曾因为明珠娶了阿济格的女儿而对他心怀芥蒂，原因倒也简单：遏必隆与阿济格当年都与多尔衮有隙，而在政坛，有共同的敌人远比有共同的朋友重要太多。于是，遏必隆既因为不属于阿济格一党而未受到牵连，又因为与阿济格同仇敌忾而对后者多少怀有几分同情。明珠也许就是看中了这一点吧，虽然作为旁观者，我们真心希望不是。

政坛的波诡云谲总会以一次又一次的洗牌给那些有准备的人创造出新的机会，当顺治帝英年早逝，康熙帝以少年天子的姿态即位的时候，遏必隆意外地跃身成为辅政四大臣之一，明珠自然鸡犬升天，负责筹建内务府，也就是做了皇宫里的大管家。

一朝天子一朝臣，随着顺治帝的驾崩，阿济格的政治阴影忽然变成了无足轻重的事情，权力场的矛盾中心迅速转移到了少年康熙帝和鳌拜的身上。这段故事在今天已经尽人皆知，倒不必多费笔墨，唯一和我们的故事相关的是：遏必隆见风使舵地成为鳌拜的追随者，当然也就随着鳌拜一起成为少年天子的眼中钉、肉中刺了，而明珠的仕途眼见得就要随着鳌拜的败亡而一损俱损了。

九

事情偏偏出乎意表，在鳌拜一党彻底落败之后，遏必隆被削职夺爵，下狱论罪，明珠却成为覆巢之鲜有的完卵，将皇宫大管家的事业做得蒸蒸日上，让即便最挑剔的人也找不到他的半点短处。

儒家政治素有"修齐治平"的理论：身修而后家齐，家齐而后国治，国治而后天下平。一个人如果能将大家族治理得井井有条，进而便可以治国、平天下。换言之，一个大家族的管家身上约略可以看出一国宰辅的影子。康熙帝正是从明珠对内务府的治理之道中发现了后者的宰辅才华，于是刻意提拔，后来的事实一再证明这位少年天子果然很有慧眼识人的天赋。而爱新觉罗氏，明珠的妻子，意外地发现自己当初委身下嫁的那个连乾清门都没资格入内的小小蓝翎侍卫，竟然如同火箭一般迅速蹿红了。难道这就是所谓的造化弄人么，而当她为明珠所生的长子容若在康熙十三年（1674）重演乃父的婚姻旧事，堂皇迎娶两广总督卢兴祖的女儿为妻，爱新觉罗氏的心里不知道该是怎样的一番五味杂陈呢。

多年之后，当容若亡故，他的老师徐乾学撰写《纳兰君墓志铭》，提及容若的妻子是"两广总督、兵部尚书、都察院右副都御使卢兴祖之女"，人们似乎觉得容若的这门亲事即便不算高攀，至少也是门当户对。

但是，实情并不是这样。在卢兴祖那一连串显赫的头衔里，所谓兵部尚书、都察院右副都御使无非是虚衔罢了，实衔只有一个两广总督而已。当然，两广总督毕竟也算是封疆大吏，但这位封疆大吏却迅速沦为一个令人们避之唯恐不及的瘟疫式人物，任何一位官场中人都忙着和他撇清关系。

十

卢兴祖是汉军镶白旗人，他和明珠一样，仕途中的第一位贵人就是自己的顶头上司。

卢兴祖的顶头上司苏克萨哈是当时叶赫那拉家族当中最有权势的人，因为率先弹劾多尔衮而得到了顺治帝的宠信。

于是，颇受苏克萨哈器重的卢兴祖很快也享受到鸡犬升天的待遇，官职一升再升，于顺治十四年（1657）蹿升为大理寺少卿，这个职位大约相当于全国最高法院副院长。又四年之后，康熙帝即位，苏克萨哈跻身四大辅臣，当年便提拔卢兴祖担任广东巡抚，要倚仗他的才干去应对郑成功的势力在南方沿海的威胁。

到任之后，卢兴祖不负所托，以雷霆手段保障了两项基本国策的实施：一是循明朝旧例加派练饷，借以维持庞大的军费开支；二是命令沿海居民内迁三十里，意在使郑成功的水军得不到沿岸百姓的物资接济。

无数百姓的流离失所成就了卢兴祖大人的辉煌政绩，不多久之后，苏克萨哈裁撤了广西总督一职，使卢兴祖兼管广西，这便是两广总督一职的由来。

朝中有人好做官，但政治风向总是难以预料的。北京城里，四大辅臣的明争暗斗日趋白热化了，苏克萨哈不幸败给了更狠毒、更决绝的鳌拜，于是在康熙六年（1667），苏克萨哈被罗织出二十四条大罪，处以绞刑，家人与亲近的族人也纷纷死于株连。卢兴祖匆忙上表，说两广盗劫案越来越多，实为自己不能称职所致，甘愿免官谢罪，以待来者。朝廷没有半点犹豫地批复道："不能平息盗贼，应革任。"这就是政治斗争的本质，一切升沉荣辱都不因为你做对或做错了事，而只因为你跟对或跟错了人。

按照八旗制度的规定，革职之后的卢兴祖带着全家人从两广北上，千里迢迢回到北京安家。卢兴祖的女儿，将在几年之后嫁给容若的卢氏，"南国素婵娟，春深别瘴烟"，就这样从北方人眼中的南蛮瘴疠之地娉娉袅袅地行至京城繁华的街市里了。

卢兴祖在回京不久便匆匆辞世,儿子卢腾龙被委任了一个小小的税务官,即便当康熙八年(1669),已是权倾朝野的鳌拜意外地败给了年仅十五岁的康熙帝,卢家也并未因此而获得任何实质的益处。明眼人全看得出,曾经烜赫一时的卢家已经沦为明日黄花,再也没有复振的希望了,卢家的儿女注定只能和蓬门小户的低级官吏联姻,除非有奇迹发生。

但奇迹真就这样眼睁睁地发生了,卢氏的夫婿竟然是炙手可热的明珠家的大公子,这真是令人又羡又妒又不明所以,明珠家父子两代人的婚姻大事都来得同样的蹊跷。有人猜测容若与卢氏一定在谈婚论嫁之前有过难忘的一面之缘,他着迷于她的"最是黄昏后,偏宜绿鬓边"的茉莉一般的素雅,于是"上林声价重,不忆旧花田",曾经欣悦过的女子忽然间变成了凡俗的脂粉,再也值不得半点的留恋。

天真的女孩子自然不知,这样一场婚姻在官场上意味着什么,更不可能预知这对于整个中国文学史意味着什么。容若最美丽、最感人的词作,几乎都是为妻子而写的,为她的生,更为她的死。这是一场离经叛道的婚姻,因为他们竟然彼此相爱。

十一

传统意义上的中国式婚姻拒绝一切爱情的成

分。理想的夫妻关系是举案齐眉、相敬如宾,夫妻两个互相尊重,却绝不亲昵。你侬我侬、卿卿我我可以堂而皇之地发生在男人与妾婢之间,发生在男人与烟花女子之间,却不可以发生在男人与妻子之间。

儒家诗教,在两千年的时间里用尽一切伦理规范来包装《诗经》里的情歌,将它们改造成宣扬"后妃之德"的诗歌教化,要人们亦步亦趋地遵循这样的婚姻典范。婚姻是平衡家族关系的大事业,是关乎齐家的人伦大礼。夫妻之情可以是相濡以沫、同甘共苦的情谊,却不可以有任何一点今天意义上的爱的成分。

历史上,即便在晋代这个最藐视礼法、最崇尚放荡不羁的时代,都不曾放松过对夫妇之爱的警惕。《世说新语》记有这样一则故事:《世说新语·惑溺》,荀奉倩和妻子的感情极笃,有一次妻子患病,身体发热,体温总是降不下来,当时正值隆冬,荀奉倩情急之下,脱掉衣服,赤身跑到庭院里,让风雪冻冷自己的身体,再回来贴到妻子的身上给她降温。如是者不知多少次,但深情并没有感动上天,妻子还是死了,荀奉倩也被折磨得病重不起,很快也随妻子而去了。

这个故事倘若放在今天,一定会被言情剧渲染为真爱的楷模,但是,《世说新语》却将它收录在《惑溺》一章,对荀奉倩持有不容置疑的批判态度。宋代大诗人陆游的婚姻也曾经遇到过同一类的不幸：他与表妹唐琬成婚之后因为太过恩爱而招致了母亲的强烈反感，以至于不得不以休妻收场。这件事成为陆游一生的心中最痛，但在古代的世界里，没有人认为陆游的母亲做错了什么。

王国维《人间词话》写有这样一条："纳兰容若以自然之眼观物，以自然之舌写情。此由初入中原，未染汉人风气，故能真切如此。北宋以来，一人而已。"事实上容若痴狂一般地将自己浸染在汉人风气里，比当时绝大多数出身于书香门第的汉人更甚。父亲的权势与财力使他可以在当世顶尖学者的门下读书，可以认真研读那个书籍匮乏时代里的大量珍本、秘本，可以编辑、刊刻大部头的儒家经典，可以为自己与好友编选词集……所有汉人知识分子梦寐以求却做不来的事情，他一件件做得游刃有余。骑射于他只是不得已而为之的功课，汉文化的经史子集、诗词歌赋才是真正使他一往情深的事物。

尤其是词，当时词坛中的第一流人物如朱彝尊、陈维崧，莫不与纳兰容若过从甚密，再如顾贞观，与容若几乎称得上管鲍之交。并且这些汉人名士或多或少都接受过容若的帮助，而几乎所有的文坛名流，尤其是那些兀傲不群的人，常常围绕在容若的身边，在他的渌水亭中饮酒纵论诗词。以至于后来有人怀疑，容若一定是接受了皇家密旨，对汉人名士以笼络之道行监视之实。这真是厚诬古人了，我们看容若与友人交往的太多诗词里，除了古道热肠、剖肝沥胆之外，哪里有半点敷衍或虚伪的意思呢。

如果说容若身上真有什么"未染汉人风气"的地方，那一定就是他在婚姻生活中对爱情的真挚。汉人传统的婚姻生活是与爱情无关的，甚至可以说，以爱情为基础的婚姻或多或少都带有几分不道德的色彩。我们看那些美丽的宋词，一往情深的爱情都是写给歌女的，即便如苏轼悼亡之作《江城子》（十年生死两茫茫），对妻子的感情也只是一种相濡以沫的患难真情，而不是纯粹意义上的爱情。

在汉人传统的观念里，妻子是负责持家、生养和奉敬公婆的。唐人刘商有一首《赋得射雉歌送杨律表弟赴婚期》，明明是恭贺表弟新婚之喜，却还要一本正经地说"昔日才高容貌古，相敬如宾不相睹。手奉蘋蘩喜盛门，心知礼义感君恩"，礼义才是婚姻生活的第一要义。而爱情是一种惑溺，怎可以出现在夫妻关系里呢？

但容若不是这样，他真正以纯粹的爱情爱着他的妻子卢氏。因为有深沉的爱，所以有深沉的痛，所以有深沉而绝美的词。从这层意义上说，康熙十三年（1674），容若与卢氏的大婚之年，才是容若作为一名顶尖词人的璀璨生涯的开始。

附记：满汉通婚

常有人认为清代有满汉不通婚的政策，其实这是一个误解。满清在入关之前就创立了八旗制度,汉人只要在八旗编制,就有资格和满人通婚。换言之,清代的婚姻制度所重视的是政治身份,而不是民族身份。以民族论,卢氏家族自是汉人,但以政治身份论,他们属于从龙入关的汉军镶白旗,纳兰性德家族则属于满洲正黄旗,两家都是"在旗"人士,亦即都是"旗人"。

严格说来,纳兰一族并非满人,而是蒙古裔,只是与满人融合久了,无论自视抑或在旁人看来都要算是满族人了。

一

康熙二十一年（1682）秋，因为罗刹国（俄罗斯）频频侵扰黑龙江一带，康熙帝委派时年二十八岁的纳兰容若北上"觇梭龙"，即侦查北方边境的情势。当经过松花江（古称混同江）的时候，容若填有一阕《满庭芳》，在怀古的悠情里隐隐道出了关乎身世的纠结：

> 堠雪翻鸦，河冰跃马，惊风吹度龙堆。①阴磷夜泣，此景总堪悲。待向中宵起舞，无人处、那有村鸡。只应是，金笳暗拍，一样泪沾衣。　须知今古事，棋枰胜负，翻覆如斯。叹纷纷蛮触②，回首成非。剩得几行青史，斜阳下、断碣残碑。年华共，混同江水，流去几时回。

这首词的大意是讲：［上阕］乌鸦从大雪掩盖的土堡上振翅飞起，凛冽寒风吹过大漠，而我正乘着马踏过结冰的河面。鬼火飘荡在夜空，仿佛冤魂哭泣，这景象最令人伤悲。想要学古人闻鸡起舞，而此地寂寥无人，连鸡鸣都听不到。唯有低沉的胡

---

① 堠雪翻鸦，河冰跃马：化自曹溶《踏莎行》"堠雪翻鸦，城冰浴马"。堠(hòu)，古代瞭望敌情的土堡，或记数里程的土堆。
② 蛮触：典出《庄子·则阳》，蜗牛的两只角上分别有蛮氏之国和触氏之国，两国为了争夺地盘而打仗，烽火连绵，伏尸数万。

贰　身世悠悠何足问

笳声,让听者伤怀落泪。[下阕]要知道古往今来兴亡成败都只像棋局上的拼斗,胜负无常。可叹人们拼命相争的东西其实又值得了什么呢?纵使获胜,也一样不堪回首,最后只变成史书上的几行文字和夕阳下残破石碑上的铭文罢了。年华和松花江的江水一起飞速流逝,再也不能回头。

苍凉怀古,所怀之古有太多爱恨情仇,莫不从久远关联着当下。

这片土地,曾经是容若的先世发祥与征战之地。纳兰一族本是蒙古土默特氏,明代初年居住在今天的黑龙江肇州县一带。嫩江、呼兰河、松花江在此交汇,创造出秀丽的山川与丰饶的物产。土默特氏于是日渐壮大,在开疆拓土的旅程中灭亡了呼伦河流域的女真族纳兰部落,自己倒改姓起纳兰,这曾让史学家们困惑不已。

纳兰是女真语的音译,汉语最早将它译作"拏懒",如果意译的话,它是"太阳"的意思。

拏懒一族在金代显贵无双,当真如太阳一般饱受尊崇,金太祖完颜阿骨打的母亲就是拏懒氏的女子。时至明代,汉人将拏懒改译为纳喇,再后来才有了纳兰这个美丽的译法。倘若一派翩翩浊世佳公子风采的纳兰容若被写作拏懒容若,非但今天的我们无法接受,就连容若本人也不能容忍。他毕竟是个高度汉化的人,虽然遗传了拏懒氏的生物基因,却也在同时传承了汉人儒家文明的文化基因。

土默特蒙古人灭亡了女真拏懒氏,在当时的汉人看来,这只不过是蛮夷甲灭亡了蛮夷乙罢了,但是客观来看,这却属于落后文明灭亡了先进文明,胜利者并不想因此而证明自己的优越,而是想变成那些被他们消灭的人。这正如底层人民的历次起义,他们推翻帝王,只是为了让自己当上帝王。于是,蒙古人变身为女真人,土默特氏变身为拏懒氏(即纳兰氏、那拉氏),他们以金代女真贵族后裔自居,希望能够重温大金帝国的往日辉煌。

二

依照当时当地的习俗,居住地的地名总要冠于姓氏之前,所以这支定居在叶赫冒牌的女真人便被称为叶赫那拉氏。容若的名字如果以女真传统来写,应当写作叶赫那拉·性德,正如我们称呼爱新觉罗·溥仪一般。

形势比人强,土默特氏纵然变身为那拉氏,却拼不过强盛的大明帝国。有时迫不过明朝的压力,只有俯首称臣;一旦稍稍觉得自己兵强马壮,便又叛离明朝而去。就是这样,叶赫那拉一族始终与明朝保持着时叛时降的关系。

到了卿家奴、杨机奴这一代上,叶赫那拉终于跃升为东北一带势力最强的部族,却无奈真正的女真后裔,爱新觉罗氏的努尔哈赤如明星一般崛起。从此,两大雄族时而联姻,时而彼此征伐,多年间结下了无数的恩怨情仇。

大明万历十四年（1616），努尔哈赤正式建国，国号金，史称后金，年号天命。天命三年（1618），努尔哈赤发动对明朝的决战，战前誓师，将"七大恨"宣告于天。

所谓"七大恨"，也就是冠冕堂皇的七大反明理由，其中竟然有四大恨皆与叶赫那拉氏有关，指称后者如何对女真不义，而明朝竟然不分青红皂白地袒护他们。

没有人能够抵抗得住努尔哈赤的兵锋，明军连番败北，叶赫那拉氏也惨遭覆亡的命运——首领金台石被努尔哈赤绞杀，所有成年领袖或被阵斩，或遭诱杀，土地、人口与财富全部为后金所有。

从这段历史来看，叶赫那拉氏与爱新觉罗氏之间实在有亡族灭种的世仇，我们自然可以想象，叶赫那拉氏的幸存者们从此会成为后金治下的二等公民，过着被剥削、被奴役、被侮辱、被损害的悲惨生活。然而事实并不是这样，叶赫那拉氏作为独立的部族虽然消失于历史舞台，幸存者却近乎完美地融入了爱新觉罗氏，从此非但枝繁叶茂，甚至继续保持着与爱新觉罗氏的联姻关系，并成为满洲八旗的骨干力量，与爱新觉罗氏肩并肩地开疆拓土，建立了大清帝国。

三

这真是一个太难理解的现象。稍知清史的人都有了解，满清入关之后，以本部不足二百万人骤然统治四千万以上的汉人人口，心底总有一些惴惴不安，于是对汉人不可不谓严加防范，只给他们二等公民的待遇。但为何在入关之前，以血腥手段和各种阴谋诡计吞下叶赫那拉氏这样一支强族，却实现了如此顺畅的民族融合，毫无芥蒂地将后者接纳进核心统治集团呢？

虽然在人数上，叶赫那拉氏远远不能和汉人相比，却也是一度号令东北的强族。但是，与汉人不同的是，叶赫那拉氏与爱新觉罗氏属于同一种文明，或者说属于同一种野蛮，倘若暂时抛弃氏族的头衔，他们完全看不出彼此的区别。

他们也一样很少受到汉人儒家文化的浸润，不晓得"九世复仇"的春秋大义，更没有"留取丹心照汗青"的人文意识，当然也缺乏士大夫忠君守节、移孝做忠的价值观，一切都只遵循着简单的丛林法则，众暴寡、强凌弱、成王败寇。所以他们在争斗的时候虽然不惮你死我活的拼杀，而一旦彻底落败，也很容易接受这样的结局，很容易接受一个新的主子。

爱新觉罗氏当然也会顾忌叶赫那拉氏东山再起的可能，他们的策略是：将叶赫那拉氏的幸存者们迁离原住地，不许他们聚居，而是拆散之后分别编入满洲八旗。《满文老档》记载有当时的政策："不论叶赫国中的善人、恶人，都一家不动。父子兄弟不分开，亲戚不离散，原封不动地带来。不动女人穿的衣服，不夺男子带的弓箭。各家的财物，由各主收拾保存。"

于是，被拆散的叶赫那拉氏迅速融为满洲本部的一员，成为政治意义上的旗人，与爱新觉罗氏荣辱与共，当年的恩怨情仇仅仅经过一两代人便成为了过眼云烟。尤其是那些不读书的人，只在意当下的利益，谁又会偷闲关注一下那些古老而沉重的历史呢？

但容若属于入关之后才成长起来的新生代，对于连父亲明珠都不甚熟稔的历史，他却在史料与文献里细细端详。汉文化的教育为他养成了儒家士大夫的价值观，使他能够以儒家的视角重审叶赫那拉氏的兴亡成败。文化是会带来伤痛的，总会灼伤人的心灵，于是，当容若在"觇梭龙"的途中踏上叶赫那拉氏的故土，百年前这片土地上所飘扬过的血雨腥风刹那间涌上心头，这该是何等五味杂陈的感受呢。

叶赫那拉氏早已成为大清帝国真正的主人之一，自家的一切锦衣玉食莫不来自与爱新觉罗氏的休戚与共，这时候再追溯历史的恩怨，清算祖先灭族的旧账究竟又有什么意义呢？倘若叶赫那拉氏成为当时的胜者，今天的自己怕仍是生活在白山黑水之间、靠着渔猎为生的一个野蛮人吧？但是，难道因为这些，就可以轻易忘记先祖的仇怨么？而另一方面，就算真的仅仅站在正义性的立场上回顾历史，当年的叶赫那拉氏难道真的就比爱新觉罗氏多占有几分道理么？

"须知今古事，棋枰胜负，翻覆如斯。叹纷纷蛮触，回首成非"，容若这一首咏史的《满庭芳》终于也只好以庄子齐同是非的价值观泯灭历史的恩怨。"蛮触"是《庄子·则阳》的一段故事，是说蜗牛的两只角上分别有蛮氏之国和触氏之国，两国为了争夺地盘而打仗，烽火连绵，伏尸数万。人世间的你争我夺，多少次城头变换大王旗，到头来又与这蛮氏之国和触氏之国的争战有几分不同呢？至于是非对错，岂止说不清，究竟又有几分说清的必要呢？当时间的战车隆隆驶过，过去的一切都变得不再重要。人，毕竟仅仅活在当下。

四

《啸亭杂录》记载满洲有所谓"八大家"，叶赫那拉氏位列第四，但仅限于金台石（被努尔哈赤绞杀的叶赫那拉氏首领）的直系后人，皇家婚姻、赏赐，皆以八大家为最。

容若正是金台石的直系曾孙，但他这一家的显赫完全是由明珠一手创下的。

明珠的父亲尼雅哈在努尔哈赤剿灭叶赫那拉氏的时候侥幸以投降者的身份活了下来，举家迁往建州，隶属满洲正黄旗，做了一个称为牛录额真的小职位，手下管着二三百户人家，居则为农，出则为兵，虽然有"伪军"的嫌疑，政治地位却与根正苗红的女真人一般无二。

倘若没有意外，尼雅哈本可以随着后金政权的发展壮大而一荣俱荣，但他偏偏在政治上站错了队。

所谓站队，其实半点也不出于尼雅哈自由意志的自由选择，仅仅因为他是叶赫那拉氏的一员罢了。当时皇太极驾崩，多尔衮摄政，与皇太极的长子肃亲王豪格势同水火。豪格的生母正是叶赫那拉氏的女子，豪格最重要的支持者郑亲王济尔哈朗同样是叶赫那拉氏的女婿。"恨"屋及乌之下，多尔衮对叶赫那拉氏严加防范。神仙打架，小鬼遭殃，尼雅哈这样的小人物纵然与权力核心天遥地远，却无奈多年得不到升迁，只有在顺治元年（1644）对八旗官员从龙入关者循例升赏的时候，他才勉强得到了一个骑都尉的四品世职。

尼雅哈生有四子，据《清史稿》的记载，明珠排行第二，但《八旗通志》称明珠是家中长子。史家在这个问题上莫衷一是，显然明珠的出身过于卑微，以至于在当时根本得不到人们的重视。

五

明珠天生聪慧过人，总能够嗅出政治风向的微妙变化。除了在自己的婚姻大事上，他从来都能找准站队的方向。他从小小的蓝翎侍卫一路攀升，一路得到顶头上司的赏识。鳌拜的败落是他由微入显的最大契机：那是康熙八年（1669），鳌拜的倒台与少年康熙帝真正的亲政自然带来了一朝天子一朝臣的局面，朝廷人事重新洗牌，曾经追随鳌拜一荣俱荣的升天鸡犬们转瞬之间又随着鳌拜一损俱损，大量的职位空缺需要由"身世清白"的新人填补，明珠因此被提拔到了都察院左都御史的职位。

这是一个相当风光的职位，负责查核百官，整饬风纪，有资格参加高层政治会议，与皇帝有了零距离的接触。对于那些出身低微却才华横溢、志向高远的人来说，这并不是奋斗的目标，而是通往更高处的难得机会。

最令人大跌眼镜的是，明珠竟然在翌年入选经筵讲官。这对于一名低级侍卫出身的旗人而言，是何等令人惊异的事情。

所谓经筵讲官，源于汉人帝王传统里的经筵日讲：帝王以儒学精湛的文臣为师，请他们每日为自己讲授儒家经典。讲课的过程中，帝王难免会就当下的政治疑难寻求合乎儒家经义的解决方案，所以经筵讲官在很大程度上相当于国务顾问，虽然不掌实权，却有着影响帝王决策的能力。

康熙十年（1671），被鳌拜中断已久的经筵日讲正式恢复。汉人知识分子自然是充任经筵讲官的最佳人选，但明珠竟然也被遴选，与熊赐履等汉人名儒一道为少年天子讲解四书五经。

这是一件十足蹊跷的事情，因为既没有任何史料记载明珠受过严格的儒学训练，而且从明珠的身世来看，他也不大可能有认真学习儒学的机会。一个在入关之初以蓝翎侍卫出身的人，究竟有多大的概率悄然成为一代名儒呢？

035

但是,《康熙起居注》分明记载有明珠与汉臣工部尚书王熙一道为康熙帝讲解《尚书》的内容。这就更加令人惊奇了,因为在所有的儒家经典里,尤其以《尚书》最为佶屈聱牙,古奥难懂,即便在饱学宿儒的眼里也有太多需要详加考索而难于索解的地方。读书人参加科举考试,往往会选择《论语》、《孟子》之类的入门级科目,很少有人胆敢报考《尚书》一科。

想来以明珠的聪慧,临阵磨枪学一点只言片语的儒学经义现炒现卖,倒也不是不可能的事情,但更有可能的是,早在数年之前,明珠曾经有幸在一位儒臣身边做事,那是对明珠的一生影响极大的一段经历。

六

那是在康熙五年(1666),明珠曾任内弘文院学士,顶头上司有满大学士觉罗伊图(后来换为图海)与汉大学士李霨。

满清官制,往往同一个职位既有满员,亦备汉员,权力与地位以满员为高,具体办事却常要倚赖汉员。当时的弘文院便是一例:觉罗伊图纯属尸位素餐,继任的图海在战场上是一代英豪,却无论如何也不是一名合格的文臣。那正是鳌拜专权的时候,见风使舵、趋吉避凶成为图海在仕途上的第一追求,具体公务全要靠汉人大学士李霨处理。

李霨出身于晚明仕宦大家，自幼饱读诗书，最以博闻强识著称。办公的时候，但凡需要查阅陈年案牍，李霨随口召吏员去取某年某月某份公文，即检即得，堪比今日的电脑索引。

　　最难处理的事情倒不是纯粹意义上的公务，而是要在鳌拜和苏克萨哈你死我活的党争之中如何游刃有余、两不开罪。李霨有自己独到的本领，每当两派争论不休的时候，他只是默默听着，并不插嘴，待大家吵得累了，这才缓缓说出一两句话来，双方莫不折服。他还每每在谈笑之间引经据典，旁引曲喻，被他说服的人并不感到受了触犯。

　　作为李霨的下属，明珠从这位顶头上司身上充分领略到"知识就是力量"。八旗子弟一向只在意弓马娴熟，但一个个弓马娴熟的八旗贵胄竟然纷纷折服在李霨的知识底蕴之下。毕竟时代变了，场景换了，文化才是宫廷政治里最得心应手的武器。

　　任何时代变局里，永远都是最先改变自己以顺应时代新趋向的人最先获利。在八旗子弟既不屑于、亦懒于学习汉人学术的时候，明珠便已经意识到后者的重要性了。也正是因为这个缘故，他才会倾尽全力地以汉文化来培养自己的孩子，终于培养出一个满汉兼资的风流人物。

七

　　纳兰容若生于顺治十一年十二月十二日（1655

年1月19日），乳名冬郎。古人的习俗，孩子出生时先有乳名，随后正式取一个大名，成人礼的时候才由嘉宾取字。

孩子出生在腊月，故而乳名冬郎，这本来没有任何特殊的涵义，却偏偏出现了一个绝妙的巧合：晚唐大诗人韩偓乳名也叫冬郎，这位冬郎天资过人，在当时被目为神童。李商隐和韩偓的父亲韩瞻很有交情，在一次文士们为李商隐举行的饯行宴会上，年仅十岁的韩偓即席赋诗，语惊四座。直到多年之后，李商隐仍然对韩偓当时吟出的佳句回味不已，于是写下两首七言绝句寄给已经长大的韩偓作为酬答：

十岁裁诗走马成，冷灰残烛动离情。
桐花万里丹山路，雏凤清于老凤声。

剑栈风樯各苦辛，别时冰雪到时春。
为凭何逊休联句，瘦尽东阳姓沈人。

这两首诗简直将神童韩偓推崇到了无以复加的地步，尤其是"桐花万里丹山路，雏凤清于老凤声"一联脍炙人口，被后人缩略为"雏凤声清"这个成语。当纳兰家的这位冬郎也长到十岁的时候，人们已经完全将他当韩偓一般相看了。

那是康熙三年（1664），正月十五元宵之夜出现了一点小小的异象：本该满月中天，桂华流瓦，却意外地发生了月食。在迷信未脱的古人看来，这绝对不是什么吉祥的兆头，若依循传统的天人感应理论，这一定是上天向人们昭示：朝廷发生了女人干政、外戚专权的危险。

即便是那些不相信天人感应的人，也难免担忧有人会借着这个新年新气象里的奇异天象兴一点风，作一点浪。然而在天真懵懂的十岁的冬郎看来，这一场月食的发生一定有一个美丽的缘故：

夹道香尘拥狭斜，金波无影暗千家。
姮娥应是羞分镜，故倩轻云掩素华。

《上元月蚀》中是说元宵之夜的繁华京城没有等来应来的月光，想是嫦娥害了羞，不肯移开镜子露出脸庞，还特意遮掩了一层轻柔的云彩。这是一个十岁孩子眼中的月食，也是他传世诗歌当中最早的一篇作品。

七绝虽然短小，却已经属于近体诗了，对声律有着严格的限制，更何况明清时代人们的口音早就变了，但写诗填词还必须依照唐宋的发音，便免不了许多死记硬背的功夫。诗歌本就是戴着镣铐的舞蹈，镣铐越重，舞者越可以尽展才华。

十岁的小冬郎已经掌握了近体诗的写法，熟悉了平仄音的错综变幻，背熟了唐宋的汉字在韵谱上的发音，流畅地化用古语，于是戴着所有的这些镣铐，仿佛无拘无束一般抒写着天才诗人的想象力。

八

　　月食的发生并未影响京城人士积蓄已久的熬夜赏灯的激情，那一夜的灯火绝不逊于此前的任何一个元宵佳节。月食又如何，满月又如何，月光无论明暗，都要在璀璨炫目的花灯的光晕下悄然隐身了。

　　同一天里，冬郎还写过一首《上元即事》，渲染元宵之夜的璀璨灯火：

翠耴银鞍南陌回，凤城箫鼓殷如雷。
分明太乙峰头过，一片金莲火里开。

　　这首诗倒算不得什么好诗，遣词造句还很有些生硬的痕迹，但无论如何，它能够提供给我们这样一些信息：小冬郎的阅读量此时已经相当可观了。他会用"翠耴"这样的生僻字眼，会用"凤城"这样的诗歌套语，会用"太乙峰"和"金莲"这样的典故，而"殷如雷"这个比喻则说明他已经学过《诗经》了。

　　就在这短短的几句诗里，我们看到的不仅是小冬郎过人的聪慧和努力，也看到了明珠夫妻为了儿子的教育花费了多大的心思。清代初年的八旗贵胄往往都忙着享受祖辈、父辈为自家挣下来的特权与财富，享受着在汉人面前高高在上的特权阶级的尊贵，究竟还有几个人在接受着如冬郎这般的儒家士子的标准教育呢？我们不得不承认，明珠的眼光确实远胜于他的同僚们，他的一切飞黄腾达都是有十足理由的。

九

冬郎正式取名的时候，父亲明珠也依足了儒家的规矩。

据《礼记·内则》的记载，在孩子降生第三个月的月末，取名仪式正式启动。至于为什么要等上三个月才取名，史料上并没有说，不过推测起来，那时候医疗条件恶劣，婴儿成活率很低，降生之后的三个月应该是死亡率最高的时段，等婴儿挨过了"危险期"，父母的心才会踏实一些，也才有给孩子取名的必要。（在古代欧洲的平民社会里，小孩子经常要等到三四岁才有名字，就是因为在三四岁之前的死亡率实在太高的缘故。）

仪式的第一项内容是给孩子理发：胎发并不全部剃光，男孩子要留着囟门两边的胎发，女孩子要在头顶留一处十字形的胎发，要么就是男孩子留左边的胎发，女孩子留右边的胎发，这是他们人生中遇到的第一个"男左女右"的规定。

然后，由妈妈拉着孩子去见爸爸。爸爸的政治地位如果比较高（比如是一位卿大夫，大约相当于现在的政治局常委），就要换一套新衣；如果政治地位不太高，那就不用换新衣，只要穿一身洗干净的衣服即可。

这一天里，家里所有的男人、女人都要早起、沐浴、更衣。孩子的爸爸要从阼阶上堂，面向西方站立；孩子的妈妈抱着孩子出来，站在屋楣之下，面向东方；保姆站在孩子妈妈稍前的位置，帮助后者传话说："孩子的母亲某某（如果妻子姓姜，这里就称姜氏）谨在今天的这个时候，让小孩子敬见父亲。"孩子的爸爸要回答说："要教孩子恭敬懂礼。"接下来，爸爸一只手握着孩子的右手，一只手托着孩子的下巴，开始给孩子取名了！妈妈要代替孩子回答爸爸说："孩子会牢记爸爸的话，将来会有出息的！"

然后妈妈向左转身，把孩子交给早已等在那里的老师。孩子的老师负责把孩子的名字通报给全家的女眷，爸爸要把孩子的名字告诉给大管家，由大管家通报给所有同宗男子，并如此记录在案："某年某月某日，某出生。"最后一个"某"所代表的，就是孩子刚取的名字。

以上是取名的礼仪，或者说是流程，但是，孩子的爸爸究竟会给孩子取出怎样一个名字呢？他会不会也像我们今天的很多家长一样，摆出许多参考书来，或者去请某位大师、大仙占卜五行生克、生辰八字、笔画组合之类的什么？

在今天或被认为是封建迷信，或被认为是传统文化精髓的五行生克、生辰八字、笔画组合之类的讲究，其实在周代尚未成型，而且即便在其成型之后，一般也只是下层社会才用这些规则来取名字（比如鲁迅笔下的闰土，而鲁迅兄弟都不曾取这样的名字）。汉代"罢黜百家，独尊儒术"以后，儒学始终占据着意识形态的主导地位，所以最常规的取名方式，是选取儒家经典当中的字词。

十

明珠为冬郎正式取名，取的是"成德"二字。

"成德"是儒家经典里屡屡出现的词语，例如《仪礼》有"弃尔幼志，顺尔成德，寿考惟祺，介尔景福"，这是古代贵族子弟的成人礼（冠礼）上接受的祝词，意思是说："在这个良辰吉日里，为你加冠，表示你已经进入成年。希望你从此以后抛弃童心，谨慎地修养成人的品德，这样你就可以顺顺利利地得享高寿和洪福。"儒学大师郑玄、贾公彦为这句话悉心阐释，说这是行成人礼的时候对贵族子弟告诫和劝勉的话，告诉他们只要抛弃童心，像一个成年人那样遵守纲常秩序，就可以享洪福、享高寿。

"成德"的出处并不仅此，在《周易·文言》对乾卦爻辞的阐发里也提到说：

> 君子以成德为行，日可见之行也。潜之为言也，隐而未见，行而未成，是以君子弗用也。

乾卦初九爻的爻辞是"潜龙勿用"究竟意义何在，为何"勿用"，原因就在于：君子以成就德业（成德）作为立身行事的目标，每天都要为此付诸行动，而"潜"的涵义是隐而未见，行而未成，所以君子才不能施用于世界。

"成德"这个名字虽然在汉文化里纯属循规蹈矩，在当时的旗人中却可谓独树一帜，特立独行。我们看看其他的一些旗人显贵，比如贝勒岳托，"岳托"是满语的音译，意思是傻子，取意于傻子好养活，相当于汉人的"狗剩"；再如贝子傅喇塔，意思是烂眼皮；明珠的岳父阿济格是努尔哈赤的第十二个儿子，他的名字的满语意思就是小儿子；他的同母弟弟多尔衮，名字的意思是獾。

后来随着汉化程度的加深，满人的名字和汉人越来越像了，乾隆皇帝为此还专门下旨禁止这种取名方式，怕的是满人被汉化。"成德"这个名字如果放在乾隆朝，很可能就会在被禁之列。

纳兰成德二十多岁的时候，康熙皇帝立第二子为皇太子。皇太子乳名保成，于是为了避皇太子的名讳，已经沿用了二十多年的"成德"便被改为了"性德"，这就是那个最为我们熟悉的名字：纳兰性德。直到第二年，保成改名胤礽，"性德"才恢复为"成德"。

所以，"性德"这个名字其实只用了一年而已，我们称呼他为纳兰性德实在没什么道理，只是约定俗成罢了。至于容若自己，每每在署名的时候总是署作"成德"，或者效法汉人的称谓，以"成"为姓，另取"容若"为字，署作"成容若"，他的汉人朋友们也往往用"成容若"这个名字来称呼他。在这样一个纯汉化的称谓里，昭示的是容若对文化血脉的强烈认同。

其实依据儒家传统，《礼记》有"二名不偏讳"的说法，也就是说，对于双字名的避讳，如果言语或书写中只用到双字中的某一个字，就不必避讳。皇太子既然乳名保成，只要别人的名字不同时含有"保"和"成"这两个字就是可以的。但有什么办法呢，一旦谦卑，便总要谦卑到底，谨言慎行是从来不怕过度的。

纳兰成德的改名极见巧妙，"成德"与"性德"其实大有关联，出处就在《中庸》的这一句话里：

> 诚者，非自成己而已也，所以成物也。成己，仁也；成物，知也。性之德也，合外内之道也，故时措之宜也。

作为出处的这部《中庸》原本只是《礼记》当中的一篇，被朱熹摘选出来，作为儒学的入门之书，即儒家"四书"的第二部。《中庸》重在最基本的君子品德的培养，上面这段话讲的就是"诚"的修养，大意是说：所谓诚，不仅仅是自我完善就够，还要成全别人。自我完善，是仁；成就别人，是智。出于天性的德性是一种内外结合的德性，所以能够时时运用而无不适宜。

性德，便是成己之德与成物之德的圆融，性德与成德其实并无二致。

十一

与汉人书香门第不同的是，冬郎从四五岁开始就要学习武艺。四书五经是汉文化的教育，弓马骑射是满洲传统的教育，明珠要把孩子培养成一个满汉兼修、文武兼资的人，而从顺治帝以迄康熙帝，始终都在强调着满人不可以荒疏了自家赖以称雄天下的武艺。

当时所谓武艺，与今天我们所熟悉的套路技击——如咏春拳、太极拳、八卦掌等等——截然不同，各类拳种虽然几乎每一家都能追溯到一个异常古老的渊源，其实它们诞生的历史很短，绝大部分都出自明清两代，尤其是出自清代中晚期相对太平的年月里。

古代武术，最重要的本领就是骑射。女真传统，一个人在幼童之时便由父兄教导，以木弓柳箭进行训练，及至成年，再换为拉力更大的角弓羽箭。十七世纪初，一位朝鲜官员访问建州地区，留下记载说：当地十几岁的少年可以骑马如飞，奔驰在山野之间，女人也同男子一样，执鞭跃马驰逐自若。

其实儒家原本也有类似的传统。孔子授徒，教授所谓六艺，即礼、乐、射、御、书、数。当时作战主要依靠战车，"御"就是驾驭战车的本领，相当于骑兵取代战车之后的骑术，"射"就是射箭的本领，尤其要练就一身在疾驰的战车上百步穿杨的上乘箭术。

孔子的时代文化教育与武术培训并不分家，文职与武职也不分家。同一位大臣，在朝治国便是文臣，外出作战便是武将。只因为时代嬗变，文武殊途，知识分子变成了专门研究书本的人，再也开不得弓，驰不得马了。武职也变成了专门的职位，人们也不再期待武将会有任何程度的文化修养。

科举制度以来，人们的目光大多集中在"朝为田舍郎，暮登天子堂"的文科进士身上，很少有人在意武举。武举考试的内容，最核心的就是骑射，其次是马上的击刺功夫，其他如站立射箭、舞百斤大刀等等更加次要一些。武举也要考一点策论，但一来难度极低，二来考官对作弊行为往往有适度的放任，这就导致文武殊途的现象越来越严重，文人手无缚鸡之力，武人目不识丁，岳飞式的人物越发稀少起来。

全部历史上，只有晚明熊廷弼同时拥有文武双进士的身份，所以家里挂上了很气派的楹联："三元天下有，两解世间无。"意思是说：科举考试连中三元虽然极为难得，但历史上毕竟不乏其人，唯独一人身兼文进士、武进士的两重功名，这在历史上还从来不曾有过。

而稚弱的冬郎，在京城满洲官宦的子弟当中，也因为文武兼资的训练成为了众人眼里一个很稀罕的孩子。

叁 我家凤城北,林塘似田野

一

对于性格塑造而言,童年时期的第一位老师来得比任何人都要重要。

李商隐的人生就是最具典型性的例证。李商隐早年失怙,跟着同族中的一位叔辈学习。这位族叔是当地的知名隐士,学问极好,性格却兀傲不群,从来不给官府面子,不介意得罪任何权贵。他还是一位标准的民间学者,治学仅仅出于个人兴趣,并不在意自己的见解与官方的标准阐释是否相悖。他喜好韩愈一脉的古文,尽管当时的科举考试需要的是骈文的技巧;他喜欢写古体诗,全不管当时的世界早已经是近体诗的天下。

然而,因为父亲的早亡而陷入贫苦的李商隐,只有通过知识来改变命运,而唯一可以改变命运的知识就是当时科举所要求的骈文以及时代在流行的近体诗。倘若将来通不过科举考试,非但是自己一辈子只能做佣书贩舂的贱役,家庭的累世书香与士人清誉也将彻底断送在自己手里。

于是,少年李商隐怀着一颗不得不功利的心跟着这位与功利彻底绝缘的老师潜心学习。那时候的他尚且无力辨别,老师所传授的内容与科举考试所规定的内容究竟有多大的差异呢?尤其对李商隐成人生涯至关重要的是:当"苟且"成为这个社会里位列第一的生存技能时,老师偏偏教会了他耿介和清高。

049

李商隐后来一切人生的悲剧，都早早在稚龄的时代里播下了种子。多年之后的明珠定然还不领悟这一番道理，否则便也不会延请丁腹松来做冬郎的启蒙老师。

丁腹松，字木公，号挺夫，名医丁国宝之子。丁腹松虽然文名满京城，科举却很不顺利，于是在明珠的盛情邀约之下，落脚在明珠府担任西席。

除了热心举业之外，这位丁腹松完全是李商隐那位族叔的翻版，有兀傲不群的性格，有敢于开罪一切人的勇气，还有一肚子不合时宜的学问和见解，同时他还是一个非常尽职尽责的老师。所以在这样的耳提面命、耳濡目染之下，冬郎的性格与价值观越发向老师靠近，亦越发与父亲疏远。明珠能够以绝高的情商成为官场上稳稳的赢家，他的这位公子却越来越不像一个能在官场上稍稍吃得开的人物。

二

丁腹松到底有一颗向往举业的心，所以也真的懂得将儒学里的晋身之阶教授弟子。

当时康熙帝发现朱熹的主张里有"帝位在德不在人"这样的观点，简直如获至宝，从此大力推广程朱理学，延续起有明一代的儒家官方意识形态。

儒家学术，原本很重视所谓"华夷之辨"，将华夏与夷狄判然分为两途。但是，谁是华夏，谁是夷狄，却不那么容易辨明。最古老的意见完全是血统中心论的，但随着文明的进程，血统论渐渐让位给文化中心论，也就是说：只要奉行华夏文明，哪怕血统上属于夷狄，人们也应当以华夏视之；而血统上的华夏之人，倘若抛弃了华夏文明，转而行夷狄之道，那么他就不再属于华夏，而变成了夷狄。所以在宋金对峙的时候，北方的金国虽然出身夷狄，以野蛮的征战掠夺土地与人口，但他们迅速接受了儒家文化，推行儒家德政，与南宋比拼文化建设，力图将自己打扮成华夏文明正宗的模样。南宋主战派因此焦虑万分，认为若再不抓紧北伐，过不了多少年，金国就会比我们宋朝更像华夏文明的政权了，宋朝在意识形态上的优越性将会荡然无存。

清朝要做的事情与金类似，更何况满洲女真人原本就是金人的后裔呢。

要想行之有效地统治广袤的汉地，就必须俘获汉地精英阶层的人心。那么，何不继续以程朱理学为他们提供科举入仕的门径，用朱熹"帝位在德不在人"的理论来证明满清统治的合法性呢？程朱理学就这样大行其道，汉家书香门第继续埋头自己熟悉的举业，满洲贵胄也在政策的激励下生出了科举入仕的文化野心。

三

少年冬郎就这样在程朱注释的四书五经里渐渐

成长起来，老师丁腹松还为他指点出八股时文的写作技巧，科举功名仿佛已经近在眼前了。

今天的我们很难想象，这位以词名世的贵介公子竟然从小接受的是严苛的八股文训练，词的创作完全是成年之后的事情。八股文，今天已经被扣上了"钳制思想"的帽子，任何有思想先锋性以及有文艺天才的人似乎都会天生与它格格不入。

确实，八股文是一种过于严苛的文体，要想写好它，必须做足亦步亦趋、循规蹈矩的功夫。性情疏狂、奔放的人受不得这样的文体，正如李白虽是诗仙，却写不来格律诗一样。

八股文很像是诗歌体裁里的格律诗，形式上有太多繁琐的讲究。如果我们关注一下诗坛，就会发现一个很有意思的现象：李白推崇古体诗，鄙视近体律诗，所以李白写过的律诗极少。古体诗没有太多格律的束缚，正适合李白汪洋纵恣、才思泉涌的特质。唐诗以李白、杜甫为两大高峰，恰恰李白专攻古体诗，杜甫以近体格律诗独步天下，前者极放纵，后者极谨严，这应该正是两个人截然不同的性格所致。

少年冬郎已经在老师的教导下开始写诗，他的天性本来是重情而不羁的，又在八股文的严苛训练下如同所有读书准备应举的少年一样，压抑得有些不适，所以偏偏钟爱起古体诗来。其中以《杂诗》七首最为可观，与所有书香门第的同龄人一样，这个少年已经在史册与诗句里寻觅自己的精神偶像了：

> 举世觅仲连，乃在海中岛。
> 往问齐赵事，默然望林表。①
> 灌园于陵中，绝食太枯槁。②
> 神龙亦见首，不然同腐草。
> 虚言托泉石，蒲轮恨不早。
> 登朝表宿誉，食肉以终老。

这是《杂诗》七首中的第一首，分为三节，每四句一节，分别评议了三种隐士的典型，一是鲁仲连式的，关注现实，为人排纷解难，但事成之后飘然隐退，既不居功，亦不领赏；二是陈仲子式的，自甘贫贱，终生隐居不出，为了守节甘愿饿死；三是假隐士，嘴上说尽林泉之趣，心里却盼着朝廷早日征召自己做官。

诗歌里边，热忱推崇的是鲁仲连式的隐士，批评陈仲子式的隐士，讥讽那些欲走终南捷径的假隐士。这是中国知识分子一以贯之的价值观，尤其符合孔孟之道。

"举世觅仲连，乃在海中岛。往问齐赵事，默然望林表"，诗中的仲连即鲁仲连，又称鲁连，是战国时代的齐国高士。《史记》本传载有他的传奇故事：在秦军围攻赵国都城邯郸的时候，适逢其会

---

① 林表，即林梢。"表"有"梢"、"末"的义项，如"树表"即树梢，"林表"即林梢。
② 灌园：浇灌园圃，引申为退隐躬耕，自给自足。

053

的鲁仲连以辩才折服了魏国密使，说动魏国援赵，使赵王彻底打消了奉秦王为帝以求和平的念头。秦军得到消息之后，后撤五十里。恰好此时魏国公子信陵君窃取兵符，带魏国军队来援，秦军便撤军而去。赵国平原君欲重谢鲁仲连，鲁仲连辞而不受，说士人之高义就在于为天下排纷解难，若因此牟利，便沦为商贾之行。于是鲁仲连辞别平原君，终身不再与他相见。此即诗中"往问齐赵事"之赵事。

在解除邯郸之围的二十多年后，齐将田单收复被燕国侵占的齐国故土，战事相当顺利，但只有聊城久久不能攻下。鲁仲连给聊城守将写了一封晓以利害的书信，束在箭矢上射入城内。聊城守将在读信之后涕泣三日，终于自杀身亡，聊城于是复归齐国。田单欲以官爵酬谢鲁仲连，鲁仲连却逃隐于海上，说："与其富贵而屈身事人，不如贫贱而高洁适意。"此即诗中"往问齐赵事"之齐事，"举世觅仲连，乃在海中岛"的出处亦在于此。

"灌园于陵中，绝食太枯槁"，这两句用战国陈仲子的事迹。陈仲子，也作陈仲、田仲、於陵仲子，战国时代的齐国隐士。《孟子·滕文公下》有记载说，陈仲子出身于齐国的世家大族，兄长陈戴更是家资巨万，但陈仲子认为兄长的财富尽是不义之财，所以单独搬到於陵去住，过着贫穷的自给自足的生活。

陈仲子的贫困简直到了骇人听闻的地步：齐国

将军匡章对孟子说，陈仲子堪称廉士，他住在於陵，一连三天没吃东西，视听能力尽失，直到吃了被虫子咬过的半个李子，才稍稍恢复过来。但孟子对此颇不以为然，认为陈仲子这种作风简直要把人变成蚯蚓了。

"神龙亦见首，不然同腐草"，神龙纵然见首不见尾，但并非完全隐没不出，而是要在恰当的时机出世以成就事功，然后"事了拂衣去"，否则的话，就只像腐草一般永远埋没。这两句脱胎于汉代政治天才贾谊《吊屈原赋》里的语句："袭九渊之神龙兮，沕深潜以自珍；弥融爚以隐处兮，夫岂从蚁与蛭螾"，是哀叹举国没有知己，忧愁无处诉说，只有效法深渊里的神龙，潜藏起来保全自己，但这是圣人的韬晦，而不是蚯蚓和蝼蚁的处世之道。

"虚言托泉石，蒲轮恨不早"，泉石喻隐逸。蒲轮即用蒲草包裹的车轮，代指朝廷迎请贤者的车驾。《史记》与《汉书》均有记载，汉武帝时儒生议论封禅典礼，说古时封禅，车子要用蒲草包裹车轮，恐怕损伤草木。汉武帝时迎请宿儒申公即用蒲轮，是以蒲草包裹车轮，这是为了起到减震的作用，因为迎请的贤者老迈，不堪旅途颠簸。

"登朝表宿誉，食肉以终老"，承接上两句而言，指隐士被朝廷迎请之后，在朝堂上表述自己素昔的声誉，邀取官爵并恋栈到底。食肉代指做官，《左传正义·昭公四年》释"食肉之禄"称："在官治事，官皆给食。大夫以上，食乃有肉。故鲁人谓曹刿曰'肉食者谋之'，又说子雅、子尾之食云'公膳日双鸡'。是大夫得食肉也。"即春秋年间官员饮食由公家供给，官位在大夫以上者才有资格食肉。

这短短的几句诗竟然容纳了如许多的历史掌故，可见少年冬郎对于儒家的经史子集已经打下了多么坚实的基础。但他毕竟年少，还没有形成自己独到的见地，还只是用诗歌的形式来叙述故老相传的道理罢了：在诗歌所列举的三类隐士里，鲁仲连是历代推崇的隐士楷模（譬如李白就常常以鲁仲连榜样），陈仲子是被《孟子》定性的代表着"走极端、不可取"的隐士，隐居邀誉以求官则是历来被人鄙视的所谓"终南捷径"。少年冬郎显然对鲁仲连的事迹最是叹服，又有哪个少年不会崇拜这样一位倜傥潇洒的盖世英雄呢？

但是，在现实的桎梏下，究竟又有几人最终可以步鲁仲连的后尘呢？

冬郎此后的人生会为我们展现：他的身世虽然使他注定与鲁仲连无缘，反而要在大清帝国的官场上小心翼翼地陪王伴驾，但是，他同样利用自己的特殊地位，利用自己是权倾朝野的明珠之子的身份，做了太多鲁仲连一样的义举。

肆 国子监里的十七岁·词的机缘

一

康熙十年（1671），明珠调任兵部尚书，愈发得到康熙帝的信任。这一年里，冬郎，这时候我们应该称他为纳兰成德，补诸生，进入太学读书深造，时年十七岁。

所谓补诸生，源自康熙六年（1667）的一项政策：八旗子弟若有愿意参加汉文儒学考试者，可以由各都统开送礼部，移送顺天学院，只要入学考试通过，就可以补入顺天府汉生员的数额。

这项政策的意图非常明显：鼓励八旗子弟读儒家经典，和汉人士子一并走科举入仕之路。

所谓顺天学院，即顺天府辖下的北京国子监，又称太学。今天的北京，安定门内大街路东有一条古老的街道，两端立有四座彩绘牌楼，街口用六种文字镌刻着同一句话："官员人等，至此下马。"这里就是国子监，曾是元、明、清三代的最高学府。

康熙初年，八旗子弟很少有愿意学习儒学的，毕竟自己已是一等公民，可以坐享荣华富贵，谁耐烦花上多少年的死力气去读书呢；再者，以骑射出身的人，读书天然就比不过汉人故土的那些耕读世家，就算花上同样的精力，也不过事倍功半罢了。既然如此，索性把读书的机会通通留给汉人，何必挤在汉人生员里自讨没趣呢？

所以国子监是汉人生员的天下，很难得会有纳兰成德这样的旗人公子。成德太喜欢到这样的环境里来，父亲明珠更是乐于看到儿子能够真心成为响应康熙帝文化政策的领头者。

二

国子监里收藏着一些珍稀的器物，尤其是十只石鼓，由花岗岩雕凿而成，"鼓面"上还刻着文字，只是有些湮灭不清了。只看得出那字体古朴遒劲，但没有人认得出其中的哪怕一个字。这是三代法物中硕果仅存的物件，对于十七岁的成德而言，静静地藏在国子监里，能够这样的接近它们、抚摩它们，是何等的幸事！

是的，对于儒家知识分子来说，所谓"三代"是一个真实存在过的理想世界，那时候有成汤、文王这样的圣王，又有伊尹、周公这样的辅弼，风调雨顺，国泰民安。儒家所有的理想都是要恢复这三代之治。而如今，三代唯一的一件遗存法物竟然就出现在自己的面前，他为此激动得无法自抑。

今天的我们可以在《通志堂集》里深深体会到成德当时的心情，他特地为了这十只石鼓写下了一篇《石鼓记》：

> 予每过成均，徘徊石鼓间，辄竦然起敬曰："此三代法物之仅存者！"远方儒生未多见。身在辇毂，时时摩挲其下，岂非

至幸。惜其至唐始显而遂致疑议之纷纷也。《元和志》云："石鼓在凤翔府天兴县南二十里，其数盈十，盖纪周宣王田于岐阳之事，而字用大篆，则史籀之所为也。自正观中，苏勉始志其事，而虞永兴、褚河南、欧阳率更、李嗣真、张怀瓘、韦苏州、韩昌黎诸公并称其古妙无异议者，迨夫岣嵝之字，岳麓之碑，年代更远，尚在人间，此不足疑一也。程大昌则疑为成王之物，因《左传》成有岐阳之蒐而宣王未必远狩豊西。今蒐岐遗鼓既无经传明文而帝王辙迹可西可东，此不足疑二也。至温彦威、马定国、刘仁本皆疑为后周文帝所作，盖因史大统十一年西狩岐阳之语故尔。按古来能书如斯、冰、邕、瑗无不著名，岂有能书若此而不名乎？况其词尤非后周人口语。苏、李、虞、褚、欧阳近在唐初，亦不遽尔昧昧，此不足疑三也。至郑夹漈、王顺伯皆疑五季之后鼓亡其一，虽经补入，未知真伪。然向传师早有跋云：数内第十鼓不类，访之民间得一鼓，字半缺者，较验甚真，乃易置以足其数，此不足疑四也。郑复疑靖康之变未知何在，王复疑世传北去弃之济河。尝考虞伯生尝有记云：金人徙鼓而北藏于王宣府宅，迨集言于时宰乃得移置国学，此不足疑五也。"予是以断然从《元和志》之说而并以幸其俱存无伪焉。尝叹三代文字经秦火后至数千百年，虽尊彝鼎敦之器出于山岩、屋壁、垅亩、墟墓之间，苟有款识文字，学者尚当宝惜而稽考之，况石鼓为帝王之文，列胶庠之内，岂仅如一器一物供耳目奇异之玩者哉。谨记其由来，以告夫世之嗜古者。

今天的读着往往只是从纳兰词里读到成德感性的一面，殊不知他还有如此理性的一面。这篇文章细细辨析着围绕着这十只石鼓的真伪与断代的种种争议，梳理着它们的历史，一路追踪着这十只石鼓如何被镌刻出来，如何散落在民间，如何在唐代初年重现人世，如何被褚遂良、欧阳询这样的书法名家和韩愈、韦庄这样的知名文士叹赏它们古雅的文字，又如何在"靖康之难"中被金兵掳去，如何被移置在北京的国子监里……自己与这三代古物的偶然遭遇，竟需要多少的缘分、多少的巧合呢！

整篇《石鼓记》，充满了考据与辨难，但是，所有理性与逻辑的终点却绝不是理性与逻辑的本身，而是爱，是对汉文化由倾慕而至于会心的爱。

三

这一年的秋天，国子监里发生了一点异样的骚动。学子们议论纷纷,"秋水轩"这个关键词不断出现,他们整日里挂在嘴边的四书五经的经典句子也忽然被一些华丽的、押韵的词句取代。

秋水轩是大名士孙承泽的一所别墅,位于北京西郊风景优美的西山山麓,是文人雅士们诗酒流连的绝佳去处。当时词坛名家曹尔堪正在秋水轩避暑,连日里大雨连绵,山溪暴涨,酷热全消。在波诡云谲的权力场里始终绷紧的心弦终于被这样的天气与风景纾缓下来,曹尔堪即景抒情,在秋水轩的壁间题写了一首《贺新凉》。

《贺新凉》这个词牌的名称来自于苏轼的一首词,因词中有"乳燕飞华屋,悄无人,桐阴转午,晚凉新浴"之句,所以称之为《贺新凉》。后来"凉"字讹传为"郎",词牌便又被称作《贺新郎》。《贺新郎》曲调苍郁,尤其适合抒写悲凉的情怀。

自宋代以来,词牌与词的内容渐渐脱节,依《贺新凉》词牌所填的词未必就与新凉有关,而词牌的旋律失传已久,几乎已经完全唱不得了,词于是只变成诗一样的纯粹的文学形式,变成了句式长短参差的诗。曹尔堪偏偏有点怀旧的意思,以《贺新凉》这个词牌应景。他在当时全然不曾料到,自己这即兴随感的一首词竟然会掀起偌大的一场风波:

淡墨云舒卷。旅怀孤、郁蒸三伏,剧

难消遣。秋水轩前看暴涨，晓露着花犹泫。贪美睡、红蚕藏茧。道是分明湖上景，苇烟青、又似耶溪浅。留度暑、簟纹展。　　萧闲不羡人通显。笑名根、膏肓深病，术穷淳扁。衮衮庙牺谁识破，回忆东门黄犬。沧海阔，吾其知免。埋照刘伶扬酒德，倒松醪、好把春衣典。词赋客，烛频剪。

这一首词，上阕即景，纯属白描，写秋水轩雨水之后，一派清凉宜人的景象；下阕忽然变调，发出了苍凉的感怀之声，白描的手法也忽然转换为典故的罗列，大意是说人天生就渴望功名显达，这是一种无药可救的痼疾，有几个人才懂得真正的生活是在名利场外的悠然散淡之中呢？

"衮衮庙牺谁识破"，这是化用《庄子》的一则故事：楚威王听说了庄周的贤名，派出使者带着厚礼去请他到楚国为相，而庄子笑对使者说："千金虽然是大钱，卿相虽然是大官，但您没见过郊祭时用做牺牲的牛吗？这样的牛享受过好几年的喂养，这时候还会披上华丽的衣服，然后被送进太庙等待宰杀。到了那个时候，它就算只想做一只没爹没妈的小猪也不可能了。您赶紧回去吧，不要玷污了我。我宁愿在污水里游戏，也不愿被国君管着。我这一辈子都不想做官，只有这样我才高兴。"

令曹尔堪大有所感的是，《庄子》的这番道理是如此的浅白而真切，却很少有人真的遵循庄子的主张。难道是他们不理解这番道理，又或者虽然理解了，却还是压不住自己那颗追名逐利之心？其结果往往就是"回忆东门黄犬"——秦朝丞相李斯从布衣起家，位至通显，却在权力的明争暗斗中败给了赵高，骤然遭到了抄家灭门的惨祸，李斯临行前无限哀伤地对儿子说："我想和你再牵着黄犬一道出去，到老家上蔡东门去追猎野兔，怎么能够做到呢！"此时方知悔，却再也没了回头的机会。

于是曹尔堪以一副众人皆醉我独醒的姿态道出"沧海阔，吾其知免"，天大地大，何必非要在狭小名利场里锱铢必较呢，何不悠游五湖，纵情于山水与诗酒之中呢？

四

每一个时代都有自己的笑点和泪点，对于清朝初年的汉人文士而言，曹尔堪这首《贺新凉》切切击中了自己的泪点。恰好又有那么多的第一流的名士往来于孙承泽的秋水轩里，于是他们纷纷赓和，也用《贺新凉》的词牌，也用曹尔堪这首《贺新凉》的韵脚。

这样的写法称为步韵，即依照他人作品的原韵进行唱和。

步韵的风气始于白居易和元稹，两人太频繁地互赠诗歌，你步我的韵，我步你的韵，来来回回总有用不尽的雅兴。

诗词对于古代文人不仅仅是一种艺术创作，还是一种社交手段，而步韵是最能发挥社交功能的。如王国维这样单纯崇尚艺术的人，自然会对步韵心怀轻蔑。步韵会凭空增加技术难度，因为你要严格依照别人的韵脚写出自己的意思。闻一多说"诗歌是戴着镣铐的舞蹈"，那么步韵就意味着在镣铐之外再套上一副枷锁。

所以步韵之作每每差强人意，只有极少数才可以晋身于第一流作品之列。但是，由曹尔堪首倡的这一场在诗词史上被称为"秋水轩唱和"的活动，却诞生了太多太多的佳作。当时那些被击中泪点的汉人文士们，仿佛郁积了多年的情绪终于寻到了一个宣泄的出口，非要一吐为快不可，秋水轩唱和于是一发而不可收。

"剪"字韵的《贺新凉》不是小小一个秋水轩能够容纳得下的，仿佛眨眼之间，整个京城都在为之喧腾，甚至迟至数年之后，大江南北还不断有人继续着秋水轩唱和的事业，仿佛不忍心使这样的美景只昙花一现似的。

国子监里，十七岁的纳兰成德竟然也成为这一场词坛盛会的无人邀约的参与者。正是因为这样的一场机缘，他才发现出词的魅力，并以自己岁月不奢的一生倾心在词的世界里。今天的读者似乎会觉得难以置信：这位以词名世的贵介公子，这位被王国维誉为北宋以后的第一词人，竟然迟至如许才进

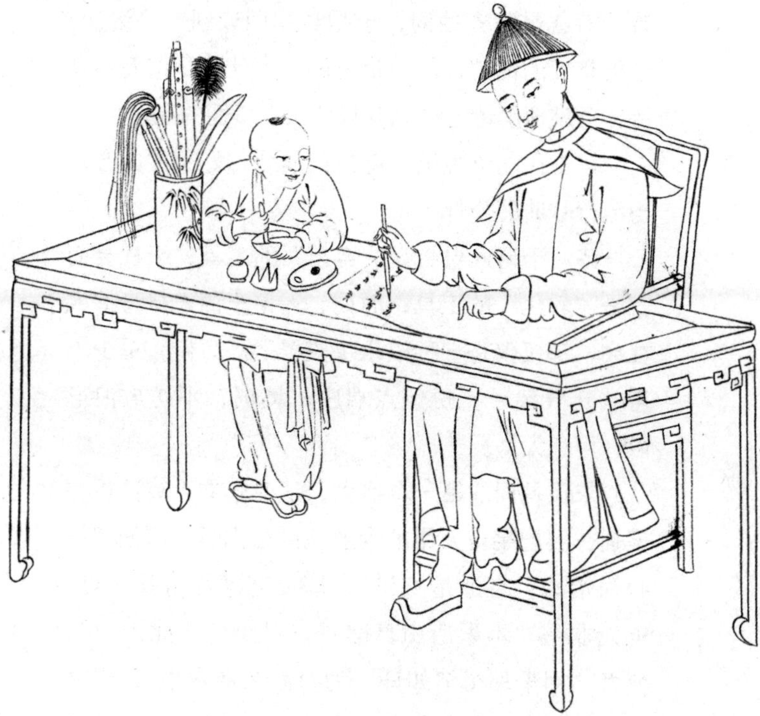

入填词的世界。

五

今天的古典文学爱好者在初学诗词的时候,往往很难分清诗与词的区别,以为词就是不整齐的诗,诗就是整齐的词,于是当我们读到《浣溪沙》这类整齐的词牌,便很难理解这为什么是词而不是诗,更难理解诗与词究竟有什么本质性的区别。

在古代的语境里,诗与词的分野好比古典音乐与流行歌曲的分野。

诗,于诗人自身是"言志"的工具,于社会而言是"教化"的工具;而词,无论于词人自身抑或社会,都仅仅是一种娱乐手段罢了。写诗,总少不得端几分架子,扮一点端庄;填词,不妨放浪形骸,声色犬马。

宋代是词的第一个盛世,那时候文人写诗重在理趣,要把宇宙人生的大道理讲给你听,诸如"清心为治本,直道是身谋",即便艺术性再强一点,也无非是"不识庐山真面目,只缘身在此山中",或者"问渠那得清如许,为有源头活水来",于是情趣的抒发便完全寄托于词了。文人在诗中端起架子,在词中放下架子。编纂文集,诗每每列于全集之首,词则完全不予收录。这意味着诗是大雅中的大雅,词是全不登大雅之堂的玩物。

所以我们才会发现,同一首诗哪怕流传有不同的版本，字句出入往往相当细微，而同一首词的不同版本，非但字句会出入到几乎看不出是同一首词来，甚至创作者的身份也往往被说得五花八门。在很长的时间里，词都不曾被人们认真地保存过，著作权也不曾获得人们的认真对待。

随着历史的嬗变，不断有一些爱好填词的文人试图为词"正名"，想方设法来提高词的文学地位。清代初年，对词坛影响最大的一篇正名文章是明末文坛领袖陈子龙的《王介人诗余序》：

> 宋人不知诗而强作诗。其为诗也，言理而不言情，故终宋之世无诗焉。然宋人亦不可免于有情也，故凡其欢愉愁怨之致，动于中而不能抑者，类发于诗余。故其所造独工，非后世可及。盖以沉至之思而出之必浅近，使读之者骤遇如在耳目之表，久诵而得沉永之趣，则用意难也。以嬛利之词，而制之实工练，使篇无累句，句无累字，圆润明密，言如贯珠，则铸词难也。其为体也纤弱，所谓明珠翠羽，尚嫌其重，何况龙鸾？必有鲜妍之姿，而不藉粉泽，则设色难也。其为境也婉媚，虽以警露取妍，实贵含蓄，有余不尽，时在低回唱叹之际，则命篇难也。惟宋人专力事之，篇什既多，触景皆会，天机所启，若出自然。虽高谈大雅，而亦觉其不可

废。何则？物有独至，小道可观也。

陈子龙，字卧子，号大樽，明代几社领袖，被词坛中的云间派奉为宗师。普通读者知道陈子龙的名字，一般是因为他和柳如是有过一段爱情生活的缘故。

陈子龙并不专注于填词，却成为明清易代之际挽词坛风气之衰的一代风云人物，他的《湘真阁词》在清代备受推崇。光绪年间的词论大家谭献在《复堂日记》里有这样一段记载说：明清两代词坛，词家公推陈子龙《湘真阁词》为第一，纳兰性德《饮水词》其次。谭献还引述嘉庆、道光年间的词坛名宿周之琦的话说：纳兰性德是欧阳修与晏氏父子一流的人物，不足以和李煜比肩，只有陈子龙才有资格称为李煜的后身。

现在除了专业研究者，已经很少有人读过陈子龙的词了。陈子龙当时既有文坛领袖的身份，便总要尽一些文坛领袖的义务，亦即为他人的文集作序推荐。这种差事多了，陈子龙的推荐便也常常言不由衷，只是在表誉作者之外的一些见解常常有机杼独出的高论。在这篇《王介人诗余序》里，陈子龙将王翃（字介人）的词作吹捧到无人敢信的高度，但除此之外，对宋词细密入理的分析却成为被引用频次极高的段落。

这一段论述的大意是说：宋人不懂得写诗的要领而勉强作诗，只言理而不言情，以至于两宋数百年来根本就没有像样的诗歌作品。但宋人也和任何时代的人一样有着情感表达的需要，诗既然只言理，词就成为了专门的言情载体。填词不易，分别有用意、铸词、设色、命篇四难，但宋人能够全力以赴，所以作品数量既多，造诣也能达到天机自然之妙境。词虽属小道，不登大雅之堂，却也不乏可观之处，不该完全废弃。

陈子龙虽在提高词的地位，但也不过说它"小道可观"罢了。虽然"可观"，毕竟属于"小道"。所以文人创作，正途还是诗歌、文章，填词只是余事而已。何况词一向被看作最完美的言情文体，不是大户人家的公子在成年之前理应接触的东西。

六

秋水轩唱和毫无来由地成为康熙十年（1671）里的第一大文坛盛事，各种美丽的词句就是那样不胫而走，被相识或不相识的人传唱。国子监里，寂寞的十七岁的少年怎可能不被这美丽而新鲜的文体捕获呢？

正如今天的十七岁少年突然发现了武侠的世界，或如今天的十七岁少女第一次看到韩剧，着迷的感觉是一发而不可收的。成德也开始在国子监监生的功课之余悄悄查阅词谱，研究平仄，甚至想象自己也参与到秋水轩的成人世界里，将自己的《贺新凉》题写在那个早已经遍布墨迹的墙壁上：

疏影临书卷。带霜华、高高下下，粉脂都遣。别是幽情嫌妩媚，红烛啼痕休泫。趁皓月、光浮冰茧。恰与花神供写照，任泼来、淡墨无深浅。持素障，夜中展。　　残缸①掩过看逾显。相对处、芙蓉玉绽，鹤翎银扁。但得白衣时慰藉，一任浮云苍犬。尘土隔、软红偷免。帘幙西风人不寐，恁清光、肯惜鹔鹴典。休便把，落英剪。

这首词是摹写秉烛赏画的情境，大意是说：[上阕]画卷上画着疏落的花影，花枝高高低低，带着霜痕，如同涂着脂粉一般。别是一种幽情，又带着几分妩媚。熄灭蜡烛吧，就趁着月色欣赏这幅画卷。似乎随意的几笔淡墨之下，花的神采完全被表现了出来。展开素白的绢帛软障，且在夜色中细细赏玩。[下阕]熄灭了灯光之后，画面越发显得美丽。绽开的鲜花洁白如玉，到处是银色的花瓣。只要有花有酒，又何必在意世事变幻无常呢。看着这幅画，令人忘记了世俗。西风吹拂的夜色里，因赏画而不肯入睡，为了这美丽的图画就算把鹔鹴裘衣典当掉也在所不惜。爱花所以惜花，从此便不要轻易地把枝头的残花剪掉吧。

这首词里用到两则巧妙的典故：白衣，代指

---

① 缸,同釭(gāng),油灯。

酒。典出《续晋阳秋》，重阳之日陶潜无酒，怅望远处，见有白衣人到来，原来是王弘派来给自己送酒的人。陶潜当即便喝了起来，喝醉之后方才回家。鹔裘典是出自《西京杂记》的故事：司马相如刚刚与卓文君回到成都的时候，穷愁潦倒，便把身上穿的鹔鹴裘衣到市场上换了酒与卓文君对饮。

倘若我们足够细心，以这首《贺新凉》对照曹尔堪的那首《贺新凉》，不难发现纳兰成德的写法与意境或多或少还带着稚嫩的气息和模仿的痕迹。曹尔堪一生大起大落，颠沛流离，所以才甘愿逃进醉乡，成德却是在锦衣玉食的日子里无忧无虑地成长起来，他想要的醉乡，不是对现实不满之后的逃避之地，而是司马相如与卓文君在柔情脉脉中浪漫对饮的场所。他期待这样一场爱情，期待一个懂得他的词人天性与浪漫情怀的永远的知音。

七

虽然倾倒于新近发现的词的美丽，但国子监的生涯依旧要在程朱理学的藩篱里循规蹈矩。诗才是文人士大夫立身言志的经典文学形式，要以庄重的姿态，要写出既有新意又不违背经典义理的句子。我们若细读成德的诗，就会发现那与他的词属于完全不同的两个世界，仿佛不是出于同一个人的手笔似的。或者说，诗与词分别是他的昼与夜，是他白天的正襟危坐与晚间的喁喁私语。

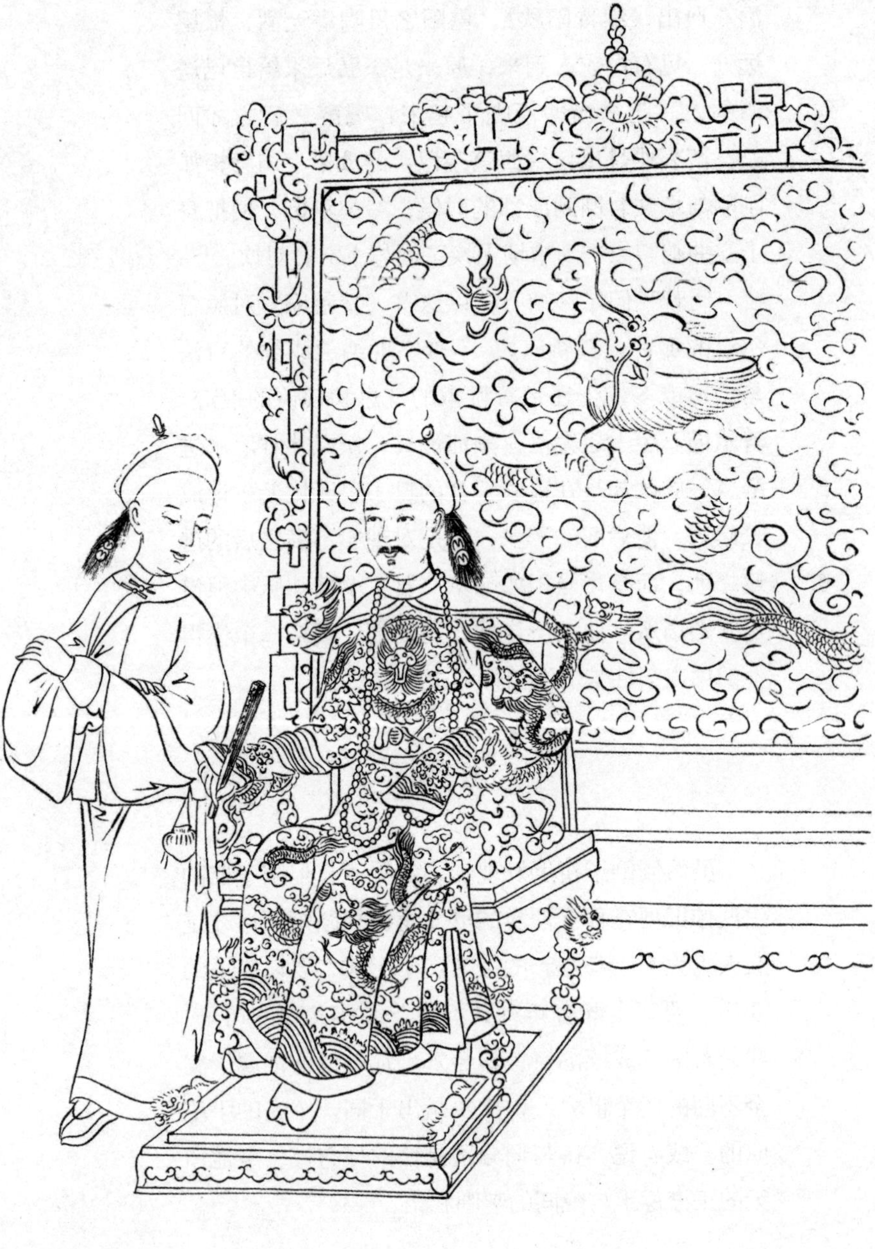

我们不妨领略一下他在那个时候写下的几首咏史诗，即《咏史》组诗二十首当中的前四首，也是最重要的四首。

成德确实于咏史诗有自己一番很独到的见解，他亦尤其爱读史书，毕竟那些波澜壮阔的历史大事件与鲜活灵动、跃然纸外的英雄豪杰的形象总会自然而然地攫住男孩子的心。但是，那个时候，成德还很有炫技式的掉书袋的习惯，会专门选用一些很生僻的典故与字眼，以至于今天的专业研究者也常常会做出荒谬的解读来。

让我们先看《咏史》组诗的第一首：

> 千秋名分绝君臣，司马编年继获麟。
> 莫倚区区周鼎在，已教俱酒作家人。

"千秋名分绝君臣"，这是说君臣名分需要严格区分，这是纲常大义，千载不变。这倒真是国子监生的眼界，因为程朱理学讲授的千言万语，或多或少都是围绕着这个原则打转罢了。

"司马编年继获麟"，司马，即司马迁。编年，指撰述史书。获麟，鲁哀公十四年猎获麒麟，据《公羊传·哀公十四年》，麒麟是仁兽，只有王者出现的时候它才会出现，然而当时正是礼崩乐坏的乱世，所以麒麟的出现刺痛了孔子的心。孔子连声哀叹："它是为谁来的！它是为谁来的！"边说边哭，认为这标志着自己的政治理想的终结。

相传孔子著《春秋》就绝笔于获麟的这一年。"司马编年继获麟"是说司马迁撰述《史记》以继续孔子的《春秋》。虽然《春秋》是编年体,《史记》是纪传体,但《史记》在许多体例上都效法《春秋》,司马迁也自信自己是在继续孔子的工作。

古人普遍认为《春秋》是孔子的作品,其目的是为了惩恶扬善,使乱臣贼子惧。所以古人相信《春秋》特重名分,所谓君君、臣臣、父父、子子,对僭越名分的事情给以严厉谴责。《春秋》被历代尊为修史的楷模,在这种观念的影响下,一部优秀的史书首先要做到意识形态正确,也就是奉儒家的名教纲常为圭臬,尤其要严于正、僭之分。

"莫倚区区周鼎在",鼎在周代观念里属于传国重器,是权力的象征。传说大禹铸有九鼎,东周时九鼎藏于洛阳,是王权的象征。《左传·宣公三年》载楚庄王在洛阳附近陈兵以炫耀武力,并向周大夫王孙满询问九鼎的大小轻重,僭越之心跃然言表。王孙满回答说享有天下在于有德,而不在于有鼎。所以这一句是说:不要以为只要象征王权的名器掌握在自己的手里,王权就也能掌握在自己的手里。

"已教俱酒作家人",俱酒,晋静公名俱酒,是春秋时期晋国的最后一代国君。这算是一个过于生僻的典故了,因为即便是当时熟读经史的士大夫们,也很少会有人记得那个在历史上微不足道的晋静公的名字。在晋静公的时代,晋国的三大家族韩、赵、魏瓜分了晋国,史称"三家分晋",标志着中国历史从春秋进入战国。

家人,即庶人百姓。"三家分晋"之后,晋静公被废为百姓,晋国不复存在。《史记·晋世家》载:"静公二年,魏武侯、韩哀侯、赵敬侯灭晋后而三分其地。静公迁为家人,晋绝不祀。"这一句,正是成德这句诗的本来出处。

这首诗究竟好与不好,我们倒不必细细辨析,反而应该对成德写作这首诗的"姿态"做出特别的留意。不知道有没有细心的读者发现,这首诗恰恰迎合了当时政坛上的主旋律。康熙帝弘扬程朱理学,以朱熹"帝位在德不在人"的观念来佐证满清以夷狄入主华夏的政治合法性,他还为此说过:"舜东夷,文王西夷,岂限帝位,惟其德耳。"大舜和周文王是儒家高度推崇的两位圣王,而在儒家经典的记载里,大舜是东夷人,周文王是西夷人,都不属于血统上的华夏正宗,他们却因为"德"的缘故得到天下万民的爱戴,谁也不会将他们当成东夷人、西夷人看待。

这样看来,明清易代之际,那些固守血统中心论的人,岂不正似以为据有周鼎便据有天命的古人一样可笑么,而无论统治者是满是汉,君臣名分这一条"春秋大义"亘古不变。

八

让我们再看《咏史》组诗的第二首:

一死难酬国士知，漆身吞炭只增悲。

英雄定有全身策，狙击君看博浪椎。

诗的前两句是关于《史记·刺客列传》的一则故事：晋国人豫让曾经为范氏和中行氏做事而默默无闻，后来他投奔了智伯，深受尊宠。等到智伯讨伐赵襄子，赵襄子联合韩、赵两大家族消灭了智伯一族，并瓜分了智伯的土地。赵襄子最恨智伯，把他的头骨涂上漆作为酒器。豫让逃亡到山中，说："士为知己者死，女为悦己者容。智伯对我有知遇之恩，我一定要为他报仇而死。只有如此来报答智伯，在我死后，魂魄就不会感到羞愧了。"于是豫让改名换姓，潜入赵襄子的宫中行刺，不料被赵襄子擒获。赵襄子的手下要杀豫让，赵襄子说："这是一个义人，我小心躲避他也就是了。况且智伯不曾留下后人，他的家臣要为他报仇，堪称天下之贤人。"于是释放了豫让。不久之后，豫让在身上涂漆以生疮，吞炭弄哑了自己的嗓子，连妻子都认不出自己，再次向赵襄子行刺。但赵襄子再次擒获了他，责问他说："您以前不是为范氏和中行氏做事吗？是智伯消灭了他们，可你不替他们报仇，反而委身于仇人智伯。如今智伯也已经死了，您为什么偏偏要替他报仇呢？"豫让说："我的确侍奉过范氏和中行氏，但他们待我只如平常人，我也只以平常人来回报他们；而智伯以国士待我，所以我要像国士一样来报答智伯。"赵襄子不再赦免豫让,但赞赏他的义气,把衣服脱下来给豫让去刺,豫让拔剑对赵襄子的衣服刺了三次,说:"我可以到地下报知智伯了。"于是伏剑自杀。

在纳兰成德看来,豫让的做法虽然悲情感人,却于事无补,也酬答不了智伯的知遇之恩。

所以诗歌的后两句说:"英雄定有全身策,狙击君看博浪椎",这是《史记·留侯世家》的故事:留侯张良的祖父和父亲都做过韩国的相国,在秦国灭亡韩国之后,张良散尽家财来雇佣刺客刺杀秦王。张良寻得了一位力士,在博浪沙伏击秦始皇,铁锤误中副车。秦始皇大怒,以举国之力搜捕刺客,但张良改名换姓,藏在下邳,躲过了搜捕。

成德以豫让和张良为对照,认为纵然有舍生取义之心,也应当注意保全生命,因为只有谨慎地保全生命,才有机会达成自己的目的。以这首诗来看,成德小小年纪便已经有了重实效的念头,这倒真有一点明珠的家风呢。

九

《咏史》第三首:

> 章武谁修季汉书,建兴名号亦模糊。
> 笑他典午标凡例,不遣青龙混赤乌。

这首诗的用典也属相当冷僻的。"章武谁修季汉书"，章武是蜀汉昭烈帝刘备的年号；季汉，刘备所建之汉是刘姓汉朝的延续，在前汉、后汉之后，故称季汉。《三国志·蜀书·杨戏传》记载，蜀汉杨戏于延熙四年著《季汉辅臣赞》，内容为陈寿撰《三国志·蜀书》所采纳，附于《杨戏传》之后，为《蜀书》压卷。

陈寿撰《三国志》以魏国为正统，在编修体例上，为魏国之主立本纪，为吴、蜀之主只立传，似乎是尊魏而贬吴、蜀的。清代大学者朱彝尊、钱大昕分别为陈寿翻案。朱彝尊《曝书亭集》卷五十九《陈寿论》指出陈寿其实藏着尊蜀抑魏的倾向，比如对曹丕接受汉献帝禅让时的歌功颂德之文一概删削不载，却对蜀汉臣子劝刘备称王、称帝的意见大书特书，这是为了说明刘备才是继承了汉家正统。陈寿迫于政治形势，只能比较隐晦地表达出自己的这种态度。钱大昕《三国志辨疑序》提出陈寿以杨戏的《季汉辅臣赞》压卷，用意就在把蜀汉的地位推尊于魏、吴之上，而之所以特意保存季汉之名，就是为了表明蜀汉才是真正的汉朝皇祚的延续。纳兰成德读书的时候，相当钦慕朱彝尊的学问，后来朱彝尊进京，两人结成忘年之交，这是后话。

"建兴名号亦模糊"，蜀汉刘禅政权率先以建兴为年号，其后东吴废帝孙亮亦以建兴为年号，继而以建兴为年号者依次又有成汉武帝李雄和西晋愍帝司马邺。颁布年号本是政权在意识形态上的大事，切忌与前朝相重复，而建兴年号居然在蜀汉至西晋的不算很长的历史时段里一连被四个政权选用，可谓荒唐之至。

"笑他典午标凡例"，"典午"即"司马"的隐语，典出《三国志·蜀志·谯周传》："周语次，因书版示立曰：'典午忽兮，月酉没兮。'典午者，谓司马也；月酉者，谓八月也。至八月而文王（司马昭）果崩。"晋帝姓司马氏，后因以"典午"指晋朝。据明人胡应麟《少室山房笔丛·史书占毕四》的推断，"典"与"司"是同义词，都有"掌管"的意思，依生肖"午"为"马"，所以"典午"隐喻"司马"。

所谓"凡例"，出自晋人杜预《春秋经传集解序》："其发凡以言例，皆经国之常制，周公之垂法，史书之旧章。"杜预归纳《左传》有所谓"五十凡"，即编修时的体例与纲领，今天"凡例"一词仍然在一定程度上沿袭着这个意思。

"不遣青龙混赤乌"，青龙是魏明帝曹叡的年号，赤乌是吴主孙权的年号。"笑他典午标凡例，不遣青龙混赤乌"，是说陈寿在编修《三国志》时，因为自己已经归为晋臣，故而推尊晋朝司马氏，又因之而在三国当中推尊魏国为正统，不使魏、蜀、吴三国在名分上主次不清。联系上文，诗句的意思是说：可笑晋朝司马氏虽为自家的正统地位费尽心机，却不小心用错了"建兴"这个吴、蜀两国早已用过的年号。

十

《咏史》第四首:

> 诸葛垂名各古今,三分鼎足势浸淫。①
> 蜀龙吴虎真无愧,谁解公休事魏心。

"诸葛垂名各古今",指三国时期诸葛家族的三兄弟诸葛瑾、诸葛亮、诸葛诞,三人分仕吴、蜀、魏,同为一时俊彦,名垂后世。

"三分鼎足势浸淫",魏、蜀、吴三国当时呈鼎立之势,谁也无力吞并其他两个对手。

"蜀龙吴虎真无愧",这是《世说新语·品藻》里的故事:诸葛瑾和弟弟诸葛亮、堂弟诸葛诞(按,据《三国志》裴松之注,诸葛诞是诸葛瑾的族弟,而非堂弟)各自享有盛名,分仕吴、蜀、魏三国,当时的人们认为蜀国得到了诸葛家族的龙,吴国得到了诸葛家族的虎,魏国得到的是狗。诸葛诞在魏国,与夏侯玄齐名;诸葛瑾在吴国,吴国朝臣都佩服他的雅量。

说诸葛诞是狗,并没有任何侮辱的意思。据《尔雅》,熊和虎是势均力敌的猛兽,人们把熊和虎的幼崽叫狗。三国两晋时期还有律法规定,打到老

---

① 浸淫,逐渐,形容分量渐渐增加。

虎可以卖三千钱，打到老虎的"狗"（即老虎的幼崽）可以卖一半的钱。成德所谓"蜀龙吴虎真无愧"，是说诸葛亮、诸葛瑾分别无愧于蜀龙、吴虎的美誉，把对诸葛诞的点评放在了末句。

"谁解公休事魏心"，公休即诸葛诞，字公休。诸葛诞在征东大将军的任上叛魏降吴，身败名裂，世人多认为诸葛诞不足与诸葛瑾、诸葛亮兄弟并称。性德为诸葛诞鸣不平，认为诸葛诞毕生都不愧是魏国的忠臣，只是心曲苦衷无人能解。

据《三国志·魏书·诸葛诞传》，诸葛诞据淮南以叛魏只是因为疑心司马氏将要加害自己，不得已而自保；据裴松之注引《世语》，诸葛诞虽有自保之意，但仍不失忠烈。《世语》载，诸葛诞私自斩杀扬州刺史乐綝之后向朝廷上表说："臣受国重任，统兵在东。扬州刺史乐綝专诈，说臣与吴交通，又言被诏当代臣位，无状日久。臣奉国命，以死自立，终无异端。愆綝不忠，辄将步骑七百人，以今月六日讨綝，即日斩首，函头驿马传送。若朝廷明臣，臣即魏臣；不明臣，臣即吴臣。不胜发愤有日，谨拜表陈愚，悲感泣血，哽咽断绝，不知所如。乞朝廷察臣至诚。"又据裴松之注引《魏末传》："贾充与诞相见，谈说时事，因谓诞曰：'洛中诸贤，皆愿禅代，君所知也。君以为云何？'诞厉色曰：'卿非贾豫州之子？世受魏恩，如何负国，欲以魏室输人乎？非吾所忍闻。若洛中有难，吾当死之。'充默然。"其时司马氏意欲篡夺曹魏政权，诸葛诞以曹魏忠臣自居，誓死与司马氏相抗，这大约就是成德"谁解公休事魏心"之所本。

我们愈是熟悉纳兰词明白如话的风格，便愈是难以相信以上这几首诗出自同一个人的手笔。成德是天生的词人，是自伤情多的多情种子，在诗的疆域里板得僵硬的面孔，总会找到一个机会在词的世界里纾缓下来。风行天下的秋水轩唱和，便是他词人生命里最初出现的一个机缘。

伍 桃花羞作无情死

一

纳兰成德在国子监读书的时候,很快便吸引了祭酒(校长)徐元文的注意。

徐元文是当时的经学名家,于康熙十年(1671)与明珠一道充任经筵讲官。平心而论,徐元文看得起明珠的才干,却不甚看得起明珠的学术。当然,在八旗当中遴选经筵讲官,明珠毕竟也算是矮子里拔将军了。徐元文却意外地发现,明珠的公子纳兰成德的经史成绩,即便在国子监那些出身于书香门第的汉家子弟中间也可以出类拔萃。

当时国子监的教学方式,是博士、助教、学正、学录每月各自授课一次,学生每十天上交日课册(作业本)给助教审阅打分,而在每月的初一、十五,国子监祭酒还会亲自审查。成德的日课册每每列为优等,考试成绩也迅速蹿升到前列。

徐元文由衷地喜欢上了这个学生,特地将他引荐给自己的兄长,时任翰林院编修的大儒徐乾学。其后成德正式拜师徐乾学,学问之道更是一日千里。

今天人们谈论历史,常说八股文是一种最能钳制思想、束缚人性的东西。但是谁能想象,纳兰成德在国子监和徐乾学的指点下,竟然写得一手绝佳的八股文。他的八股文水平究竟高到怎样的程度呢,只要举一个事例就足以说明:成德练习八股文的习作被人编辑成书，名为《梓里文萃》，成为当时实用类的大畅销书，凡是有心参加科举考试的人几乎人手一册。

这些文章可惜早已失传，因为它们毕竟只是为应试而勉强自己去写的东西，中举之后便被弃之不顾。徐乾学后来为成德编辑遗著，八股文一概不选，这也算是当时文人对八股文一贯的态度吧。

然而诗人的性情里或多或少都有几分张狂自负，即便相处之下并不令人愉快，却也符合人们对诗人的刻板印象。在我们的刻板印象里，诗人之所以成其为诗人，小小的身躯里一定蕴藏着磅礴的生命力，只要找到哪怕再微茫渺小的出口，都会汪洋纵恣地喷薄出来。

和这样的人相处起来铁定不愉快，谁看得惯他们那副自恋到底的嘴脸？但我们又不得不承认，诗人必定该是这样，他们既不可能成为朝九晚五、循规蹈矩的上班族，也不可能低调做人、踏实做事。总而言之，他们忍受不了琐碎生活中的巨大寂寞，必得发疯闹事才痛快。所以，当我们读着"人生若只如初见"、"辛苦最怜天上月"这样的句子，怎能想象它们的作者竟然还是写作八股文的第一流好手呢？但我们转念便可以想象：在八股文里被禁锢的诗情与才思，将来该以一种怎样的汹涌之态喷发出来呢。

二

康熙十一年（1672），十八岁的纳兰成德参加顺天府乡试，毫无悬念地轻松考取了举人的头衔。与汉人士子不同的是，成德在同一年里还参加了八旗子弟的骑射考试，同样顺利过关。熊廷弼当初保持的纪录，眼看着就要被后起之秀打破了。

其实以成德的家世，并不需要通过科举来博取功名，仕途的金光大道天然就已经铺在他的脚下。当然，付出总是有回报的，这一次中举为他赢得了太多的另眼相看。

这是因为，在康熙八年（1669）之前，实行的是满、蒙、汉分榜制度，满、蒙考生享有足够的政策照顾，并不与汉人士子同台竞技；然而到了康熙九年（1670），科举制度改革，满、蒙、汉考生不再分榜，所以当成德以八旗子弟的身份考中康熙十一年（1672）的顺天府乡试，实在为满洲旗人争得了莫大的荣誉，汉人当中那些以文化优越性自命的饱学宿儒与才子俊彦也不得不为成德的汉文化造诣衷心地生出一些佩服。

这倒也沾了一些时代的幸运：倘若成德生得早些，那么他很可能在花样年华里等不到应举的机会，因为在顺治十四年（1657），因为担心八旗子弟在诗书礼乐的汉文化中沉迷而懈怠了骑射训练，朝廷明令禁止，不许他们参加科举考试；倘若成德生得晚些，很可能也不会抓住科举的机会，因为就在他乡试中举的仅仅四年之后，对武备废弛的担心再次提上日程，于是禁令重出，直到康熙二十六年（1687），八旗子弟才重新获得了参加科举的机会，这已经是成德去世两年之后的事情了。

三

康熙十二年（1673），十九岁的成德又迈过了会试的台阶，科举的路途只剩下廷试这最后一个关口了。不料想就在备战廷试的时候，成德忽然患上寒疾，只有眼睁睁看着乡试、会试的同年蟾宫折桂，他为此郁闷了很久很久，写下一首《幸举礼闱以病未与廷试》来排遣心情：

晓榻茶烟揽鬓丝，万春园里误春期。
谁知江上题名日，虚拟兰成射策时。
紫陌无游非隔面，玉阶有梦镇愁眉。
漳滨强对新红杏，一夜东风感旧知。

在这首诗里，"万春园"是个罕见的典故，似乎是以"万春园里误春期"比喻诗人失去了殿试的机会。的确，既然名为万春园，无论如何也不该错过春期才对，但偏偏就错过了，自然无限惋惜。

翻检成德的文集，《渌水亭杂识》里有专门的一篇考据，说在元代的京城里，海子旁边有一个地方叫作万春国(疑是"园"字之讹),新科进士在登第的宴会之后就会到这里集会。宋显夫在诗里写的"临水亭台似曲江"说的就是这个地方,如今已经湮灭无闻了。

诗句的涵义豁然开朗,原来是在听闻新科进士宴会庆祝的消息时,恼恨自己因病耽误了考试,否则这一次的宴会上,宴会在座的诸位同年好友之中,又怎能少得了自己呢?

到底意难平,又写一首《采桑子》道:

> 桃花羞作无情死,感激东风。吹落娇红。飞入闲窗伴懊侬。① 谁怜辛苦东阳瘦,也为春慵。不及芙蓉。一片幽情冷处浓。

词意是说:[上阕]桃花多情,不肯白白凋谢,故而从枝头飘落,乘着东风飞进我的窗子,陪伴孤独的我。[下阕]有谁怜惜我的日渐消瘦呢,而我因为伤怀春天的逝去而越发慵懒起来。这次未能参加科考,在友人纷纷高中进士的一派欢天喜地中,自己只能在闲居中品味寂寞。

"谁怜辛苦东阳瘦",这一句是用沈约的故事:南朝沈约曾作东阳守,故称沈东阳。沈约在一次书信中谈到自己日渐清减,腰围瘦损,此事便成为了一个典故。沈约的腰肢消瘦本来是愁病所损,但一

---

① 懊侬:烦闷,这里借指烦闷之人,即成德自指。

来因为六朝时代特殊的审美品位,二来因为沈约素来有美男子之称,故而沈腰一瘦,时人却许之为风流姿容。

"不及芙蓉。一片幽情冷处浓",这里藏着一个巧妙的用典手法:芙蓉即荷花,不能如梅花一般开在冷处,所以这里的"芙蓉"应当是用"芙蓉镜"的典故。芙蓉镜,字面意思就是形似芙蓉的镜子。传说唐代李固在考试落第之后游览蜀地,遇到一位老妇,预言他第二年会在芙蓉镜下科举及第,再过二十年还有拜相之命。李固第二年再次参加考试,果然如言及第,而榜上恰有"人镜芙蓉"一语,正应了那老妇的"芙蓉镜下及第"的预言。二十年过去,李固也果然如言拜相。这一典故,在蒙学读本《龙文鞭影》里便被写为"李固芙蓉",所以,容若这句"不及芙蓉"的芙蓉并不是芙蓉花,却是事关科举的"李固芙蓉"。

四

正在成德郁郁寡欢中以诗词开解心绪的时候,忽然有仆人通报,徐乾学专门派人带了一篮樱桃,专程送给公子。

这真是一份用心良苦的礼物。成德知道,新科进士发榜的时候也正是樱桃成熟的季节,而自唐朝起,新科进士们便形成了一种以樱桃宴客的风俗,是为樱桃宴。直到明清,风俗犹存。徐乾学派人在这个时候送来樱桃,正是一种勉励,一种认可。

成德的心情忽然好些了,才思不受阻滞,旋即写下一首《临江仙·谢饷樱桃》请来人带回,算是对老师这份苦心的一番答谢吧:

> 绿叶成阴春尽也,守宫偏护星星。留将颜色慰多情。分明千点泪,贮作玉壶冰。　　独卧文园方病渴,强拈红豆酬卿。感卿珍重报流莺。惜花须自爱,休只为花疼。

词的意思是说:绿叶成荫,春天已匆匆过去,星星点点的樱桃被浓密的枝叶护住。樱桃娇美的色泽可以将多愁之人的心伤抚平。一盘樱桃,仿佛千点红色的泪水在玉壶中凝结成冰。我独自卧病在床,勉强以红豆来回报您。感谢您特地送樱桃来宽慰我的心情,您这般关照于我,但也不要把心思都用在我身上,您自己也要多多保重才行。

这首词因为充满了情爱意象,以前常被人误以为是和情感有关的。词题"谢饷樱桃",只一个"饷"字便让徐乾学赞不绝口。这里边藏着一则典故:唐太宗要赐樱桃给隽公,却突然发现一个难题:不知道该怎样措辞,送樱桃的这个"送"的意思不知道该怎么表达才好——如果说"奉",把对方抬得太高;如果说"赐",又显得自己过于高高在上。这时候,有人出了个主意:"当初梁帝给齐巴陵王送东西，用的是一个'饷'字。"于是，唐太宗的樱桃就"饷"给隽公了。

成德的词题用到这个"饷"字，极懂礼，极谦逊，同时还大见汉文化的功底，也难怪以徐乾学这样的大儒都对他青眼有加了。

词中其他的掌故也用得巧妙。"绿叶成阴春尽也，守官偏护星星"，典出杜牧《叹花》诗："自恨寻芳到已迟，往年曾见未开时。如今风摆花狼藉，绿叶成阴子满枝。"诗有本事，据计有功《唐诗纪事》载，杜牧在湖州为僚属时遇一个垂髫少女，十四年后，杜牧作了湖州刺史，见当年少女已经嫁人生子了，便怅然为诗云云。成德用此典，取意"误期"，叹息自己因病而错过了廷试。"绿叶成阴"另有表层意义，启下句"守官偏护星星"，指守官槐浓密的枝叶护住了星星点点的樱桃。

"独卧文园方病渴"，这是用司马相如之典。文园，司马相如曾任孝文园令，后人便以文园称之；病渴，司马相如患有消渴症，即今之糖尿病。所以，"文园多病"、"文园独卧"这些意象便常被用来形容文士落魄、病里闲居。

"感卿珍重报流莺"，以"流莺"暗指樱桃，这里边很有几分曲折：樱桃因为常被黄莺含在嘴里，故亦称含桃，李商隐《百果嘲樱桃》有"珠实虽先熟，琼荂纵早开。流莺犹故在，争得讳含来。"李商隐这首诗是讥讽裴思谦巴结当权宦官仇士良强行索要状元，诗以"流莺"喻仇士良，以"含来"暗示裴思谦中状元完全是靠着仇士良的关节。成德这里反用其意，以仇士良对裴思谦的关照比拟老师徐乾学对自己的关照，是为"感卿珍重报流莺"，也表明了老师虽然饷樱桃以进士待己，但自己这个进士实在名不副实。

这样的一首词，虽然只是师生间的酬答，却已经见出成德在填词一途上独具的天赋了。

五

病愈之后，成德继续从学于徐乾学，只是科举应试的心渐渐退居其次，他是真心沉迷进汉文化的世界里了。于是，正式拜师礼之后，每逢三、六、九日，成德都会登门徐府，从不间断，汉家学术的功力自此而突飞猛进。

这既是郁闷的一年，因为一场寒疾耽误了廷试；这也是喜庆的一年，因为成德拥有了自己的一座书斋。成德兴冲冲地为书斋的落成而题诗，题为《通志堂成》：

> 茂先也住浑河北，车载图书事最佳。
> 薄有缥缃添邺架，更依衡泌建萧斋。
> 何时散帙容闲坐，假日消忧未放怀。
> 有客但能来问字，清尊宁惜酒如淮。

通志堂是成德书斋的名字，取群策群力、志同道合之意。之所以建成这个书斋，之所以给书斋取这个名字，是因为成德要在这座书斋里集合一众师友的努力来做一件大事：汇编一部儒学丛书。

诗中所谓"邺架"是一个一直让成德别有会心的典故：唐代白衣宰相李泌的父亲李承休被封为邺侯，他只喜欢藏书，收藏多达两三万卷，于是戒令子孙不许出门，只许在家读书，如果有人登门求读，就在一个单独的院子供他读书，还会奉上饮食，从此"邺架"便作了藏书的代称。成德诗中说"薄有缥缃添邺架"，是惋惜自己虽然拥有了一座书斋，却没有太多的藏书，什么时候才能达到邺侯李承休那般的境界呢？

成德的身边其实真有一位邺侯，那就是他的老师徐乾学。

徐乾学是海内名儒，拥有一座藏书楼，名为传是楼，楼中收藏着大量的宋元珍本。

原来儒家学问是这般汪洋纵恣、横无际涯，哪里是程朱理学可以藩篱的呢！十九岁的成德于此时大有一出洞天豁然开朗的感觉，然后萌生了一个大胆的想法：这些珍本，难道不应该被编辑、刊刻出来，让更多的人看到吗？

这是一个不合时宜的想法，因为它一点都不功利。士人们学习程朱理学，背诵官修经典，对于仕途出身来说已经足够，有几个人耐烦去读这么多"无用"的闲书呢？

所以这世界上只能由一些富贵闲人来完成那些

毫无功利色彩的闲事。纳兰成德是真心迷恋上了汉文化，真心要这样去做。他不在意这件事的功效，更不在意刊刻一套大型丛书的经济成本，唯独担心的，就是老师是否愿意出借这些珍本，毕竟它们要被抄录、誊写、雕版、印刷、校对，这样大的工程，只怕稍微一不小心就会造成损伤。没有想到的是，某一天成德终于把这个想法讲出来之后，徐乾学竟然很兴奋，说他自己也曾这样想过，只是因为耗不起这样的工程才迟迟没有着手。如果成德公子愿意做这件事，才学足以当之，财力也足以当之，年轻人的精力更足以当之，实在是不二的人选呀。

这部丛书，就是今天搞思想史研究的人莫不熟悉的《通志堂经解》，是成德一生中极要紧的一件大事。他在传统知识界的声誉并不是靠诗词奠定的，而是靠这部丛书。在丛书的卷首有成德撰写的一篇总序，记述事情的缘起：

> 经之有解，自汉儒始，故《戴礼》著经解之篇于时分门讲授曰：《易》有某家，《诗》、《书》、三《礼》有某家，《春秋》有某家者，某宗师大儒也。传其说者，谓之受某氏学，则终身守其说，不敢变。党同抵异，更废迭兴，虽其持论互有得失，要其渊源皆自圣门。诸弟子流分派别，各尊所闻，无敢私并一说者，盖其慎也。
>
> 东汉之初，颇杂谶纬，然明章之世，

天子留意经学，宣阐大义，诸儒林立，仍各专一家。今谱系之列于《儒林传》者，可考而知也。

自唐太宗命诸儒删取诸说为《正义》，由是专家之学渐废，而其书亦鲜有存矣。至宋二程、朱子出，始刊落群言，覃心阐发，皆圣人之微言奥旨。当时如眉山、临川、象山、龙川、东莱、永嘉、夹漈诸公，其说虽微有不同，然无有各名一家如汉氏者。

逮宋末元初，学者尤知尊朱子，理义愈明，讲贯愈熟，其终身研求于是者，各随所得，以立言要其归趋，无非发明先儒之精蕴，以羽卫圣经，斯固后世学者之所宜取衷也。惜乎其书流传日久，十不存一二。

余向嘱友人秦对岩、朱竹垞购诸藏书之家，间有所得，雕版既漫漶断阙不可卒读，钞本讹谬尤多，其间完善无讹者又十不得一二。间以启于座主徐先生，先生乃尽出其藏本示余小子曰：是吾三十年心力所择取而校订者。余且喜且愕，求之先生，钞得一百四十种，自《子夏易传》外，唐人之书仅二三种，其余皆宋元诸儒所撰述，而明人所著间存一二。请捐资，经始与同志雕版行世。先生喜曰：是吾志也。遂略叙作者大意于各卷之首而复述其雕刻之意如此。

这篇序文的大意是说：解释经典的工作从汉代就开始了，《易经》、《诗经》、《春秋》、"三礼"等等各有专家研究，弟子们严守师传，小心谨慎，不敢有所改变或者兼并诸说。到了东汉，虽然谶纬流行，但正统儒学仍然被认真地传承了下来。直到唐太宗下令统一经义，为群经编撰《正义》，汉代的专家之学便渐渐废止了，书也没有保存下来多少。到了宋代，二程和朱熹领袖儒学，阐发圣人的微言大义，当时虽然还有苏轼、王安石、陆九渊等人形成了另外的学派，但学派之间的差异并不很大，再不复见汉代的风气。及至宋末元初，学者们尤其推崇朱熹的理学，经义研究日渐精深，出现了很多精辟的见解。可惜他们的著作流传下来的还不足十分之一二。我曾经嘱托友人秦松龄（号对岩）、朱彝尊（号竹垞）搜购各地的藏书，不时有所发现，但其中好的版本又不足十分之一二。一次我和老师徐先生谈到了这件事，徐先生便把他所有的藏书都拿给我看，说这是他老人家三十年辛苦搜罗所得，而且作过严格的校订。我又是高兴又是惊愕，于是恳求先生，从中抄录了一百四十多种，自《子夏易传》而外，唐人之书仅有二三种，其余的都是宋元学者的著作，明代著作也略有一些。接下来便是筹备自尽，与志同道合的友人开始把这些书籍雕版出版。徐先生喜形于色,说这正是他的愿望。

六

《通志堂经解》的编撰是一件耗时耗力的工程,其间可能会发生许多意料不到的变故。就在这一年的秋天,有人上疏议论顺天府乡试主考不公,于是主考官徐乾学、蔡启僔一并被贬还乡。

所谓主考不公,其实是因为在选拔的时候只依成绩而忽略了各地考生的平衡。直到今天,这都是考试公平问题中的一大难点:各省教育水平不一,如果只认分数不认籍贯,那么金榜题名的一定全是来自教育大省的生员。清代科举有专门的籍贯平衡政策,每个省都有名额,徐乾学、蔡启僔偏偏只注意成绩了。

以古人的习俗而论,徐乾学、蔡启僔都是康熙十一年录取纳兰成德的主考官,所以彼此有座主与门生这层关系。成德对徐乾学有真正意义上的师生之谊,对他的离去自然不舍,而本诸座主与门生之谊,他还应当对蔡启僔表示礼节上的慰问。词,自然是最理想的载体:

问人生、头白京国,算来何事消得。不如耄画清溪上,蓑笠扁舟一只。人不识,且笑煮、鲈鱼趁着莼丝碧。无端酸鼻,向歧路销魂,征轮驿骑,断雁西风急。　英雄辈，事业东西南北。临风因泣。酬知有愿频挥手，零雨凄其此日。休太息，须信道、诸公衮衮皆虚掷。年来踪迹。有多少雄心，几翻恶梦，泪点霜华织。

——《摸鱼儿·送座主德清蔡先生》

这首词的意思是说：［上阕］一辈子的时间、精力都耗费在朝廷里，究竟值不值得呢？还不如远遁到风景如画的水乡，着一身蓑笠，驾一叶扁舟，做一名普通百姓，过一番自由自在的生活。就像晋朝辞官归乡的张季鹰一样，趁着莼菰成熟的季节，煮美味的鲈鱼来吃。毫无来由地鼻梁发酸，这送别的时刻呵，在分手的路口上黯然伤神。你就要踏上远行的征程，此刻西风凛冽，孤雁南飞。［下阕］英雄人物从来志在四方，却为什么在风中流泪？频频挥手与知己道别，在这尽日的凄凉雨里。请不要叹息自己的贬谪遭遇，那些仍在朝廷上占据高位的人有哪个及得上你的才华？这一年来的人生旅途啊，多少雄心，又多少挫败，想起来不禁泪水飘零。

平心而论，这些话说得多少有点违心。蔡启僔与成德毕竟交往不深，此后两人的人生轨迹也再没有过交集。

七

十九岁的年纪，青春付给了弓马骑射，付给了儒学训练，付给了科举考试，付给了《通志堂经解》这个无比浩大的刻书事业，简直不能想象还能有几多的余暇。但是，从这一年的一首《采桑子》里，我们竟然约略看到了爱情的影像：

> 冷香萦遍红桥梦，梦觉城笳。月上桃花。雨歇春寒燕子家。　箜篌别后谁能鼓，肠断天涯。暗损韶华。一缕茶烟透碧纱。

词的意思是说：[上阕] 梦中行至红桥，嗅到桥上弥漫清冷的花香。那有着花香的睡梦，被城头上忽然吹响的报晓胡笳惊醒。天未亮，桃花上洒满月光；雨已停，留下一片春寒，燕子还在巢中安睡。[下阕] 自我们分别之后，我再也无心弹奏箜篌。想着远方的你，思念让人肝肠寸断，青春渐渐折损为憔悴的面容。一缕茶烟透过纱窗飘了进来，新的一天即将开始了。

此时距离成德的新婚只有不到一年的时间了，他应是在婚前与未婚妻卢氏有过晤面，甚至有些熟识，这在满洲入关不久、尚且有些开放的风气里总也是不难想见的事情。成德是一个既真又极度认真的人，对自己的婚姻大事难道会有半点轻忽不成？

陆 不信鸳鸯头不白

一

康熙十三年（1674），纳兰成德年满二十。依照儒家古礼，这正是取字、行成人礼、娶妻的年纪。

男人到了二十岁要行冠礼，也就是成人礼。

儒家经典《仪礼》第一章题为《士冠礼》，记载冠礼的全部流程，各种讲究，各种繁琐，读一遍都不容易，更别提照做了。不要说今天的普通人，就连古代的大学者也要为之头痛。韩愈发过牢骚说："我觉得《仪礼》太难读了，那些礼仪在当今也没有多少人实行了。"朱熹也说过："古礼在今天几乎都行不通了。"之所以会出现这样的情况，是因为最传统的礼学是属于贵族社会的，贵族们多是富贵闲人，又最重视传统，在礼仪上非但不怕麻烦，反而还炫耀这种麻烦，而中国的贵族社会到战国时代就早早地宣告结束了，后来也只在晋代回光返照了一回。

炫耀型消费是扎根在基因里的行为模式，正如雄性动物非炫耀不能求偶一样。今天我们需要买私家车作为代步工具，如果仅仅满足功能性，那么几万块的车也就足够了，但人们还是追求奔驰、宝马、法拉利，因为只有开这样的车才够有面子。女人买包也是一样，几百元的包包就可以完美解决功能性和美观性，却非要追求几万、几十万的"LV"

和爱马仕，因为只有带着这样的包包才够有面子。一言以蔽之：没有人会仅仅因为"自己喜欢"而去购买奢侈品。

贵族最看不起这样的炫耀，一概斥之为暴发户心态。在贵族的世界里，只要有钱就能买到的东西，无论多贵，都没有炫耀的价值，贵族未必比暴发户更有钱。真正的贵族，炫耀的从来不是财力，不是任何物质性的东西，而是纯属于精神世界的优雅。财富可以凭借机遇与能力迅速积累起来，而优雅没有速成之道，总需要有几代人的积淀才能形成。俗话说三代才能培养出一个贵族，道理正在于此。

贵族的成人礼，仪式自然不惮繁琐，仪式上哪怕只有一星半点的差池都会遭人耻笑。那时候的平民自然享受不起这样的成人礼，即便举行了成人礼也没有任何实际意义，孩子照样没资格参与政治生活。成人礼上需要取"字"，平民不但没有字，连名都是胡乱取的。

在贵族的成人礼上，取字是一个极其重要的环节。这项重任不是由父亲来做，而是由特邀嘉宾来做。字与名要在意义上有相当程度的关联，比如孔子的儿子名鲤，字子鱼；孔子有个弟子宰我，名我，字子予（"我"和"予"是同义词）。

在无穷多繁文缛节的成人礼之后，一个人便开始正式步入成人社会了，人们再称呼他的时候便也只能以字相称，名成为他在尊长面前自称时的称谓。所以说那时候的字基本相当于今天的名，字比名要重要许多。

纳兰成德在这一年里获得了自己的字：容若。从此，我们就应该以容若来称呼他了。

二

吴三桂刚刚在去年的年末燃起了叛乱的战火，很多人相信这火势用不了几年便会席卷天下。但上至皇家，下至黎民百姓，日子一样要过。这年五月，皇子保成降生，容若为避皇子的名讳，将成德改为性德。过不多久，保成更名为胤礽，容若也就没有避讳的必要了。

这一年里，容若大婚，迎娶两广总督卢兴祖的女儿。容若的弟弟揆叙降生，这一对兄弟年纪竟然相差了二十岁。容若还娶了一位庶妻颜氏，大约她是《红楼梦》里袭人一类的身份，只是因着当时的规矩罢了。史料中并未留下关于颜氏身世的任何记载，可见她处于何等可怜的卑微地位；洋洋大观的纳兰词留下了太多写给卢氏的词句，却没有只言片语牵涉到这位颜姓的女子。她在容若的家里简直就是阴影一般的存在，就连百年之后的读者的怜惜都不曾赢得一二。

我们很容易想象容若和卢氏的关系应当近似于赵明诚和李清照的关系，近似于梁思成和林徽因的关系，至少也该是贾宝玉和林黛玉的关系，但真实的情况出乎我们的意料：卢氏并不是什么才女，既不会写诗，也不会填词。

但是，她是他最好的聆听者，是他的真心的仰慕者。她是最能够听懂他的人，只这一点，便足以使他疯狂地去爱了。他只要看着她清晨未醒的样子就会着迷，而入夜之后，有时她先睡熟，而他竟然舍不得合眼：

十八年来堕世间，吹花嚼蕊弄冰弦。多情情寄阿谁边。　紫玉钗斜灯影背，红绵粉冷枕函偏。相看好处却无言。

这首《浣溪沙》写得何等温柔，意思是说：［上阕］想来她是从仙境坠入人间的，故而不沾一点烟火气。看她无忧无虑地吹奏曲子、弹拨琴弦，不知道她的一颗心寄托在谁身上？［下阕］看她熟睡的模样，枕头歪斜着，白天用过的紫玉钗也在跳动的灯影里歪斜着，梳妆用的粉扑早已抛在一边。我在旁边默默欣赏，她这样子真是惹人爱怜，再美的语言也无法表现。

最温柔的其实是"红绵粉冷枕函偏"这一句。红绵是女子擦粉用的粉扑，枕函代指枕头，古时的枕头有木制、瓷制的，中空可以装物，是为枕函。男人很少会留意到女人的饰物，我们会在现实生活中太多次发现，哪怕是结婚十几年的夫妻，丈夫也说不清妻子常用的护肤品的牌子。男人只有太爱一

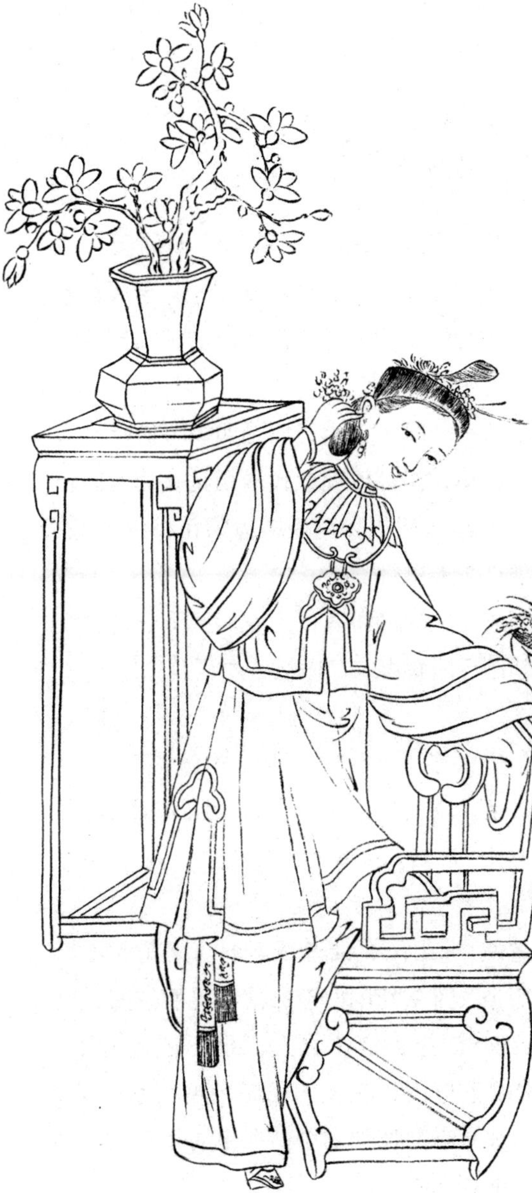

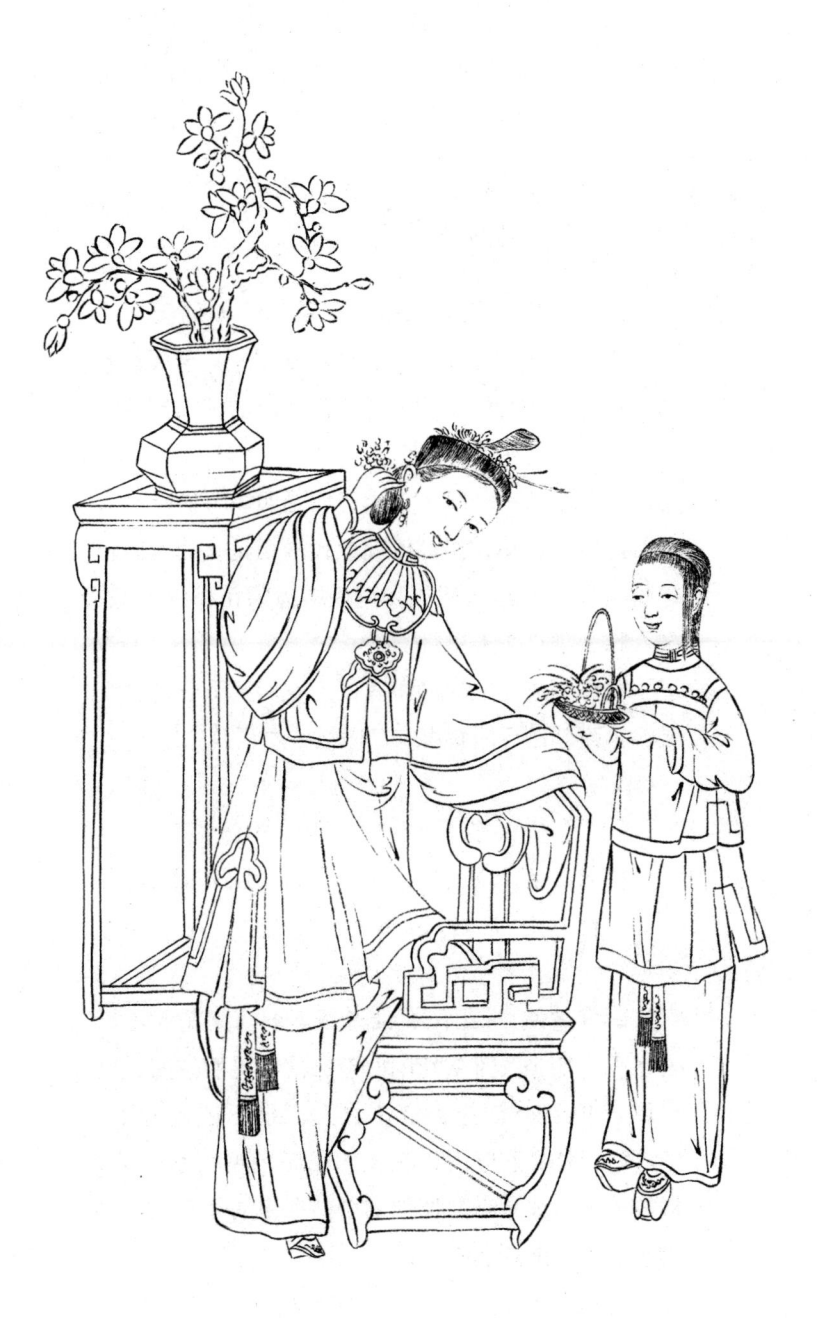

个女人,才会留意到这些通常绝对不会留意的东西。

三

这一年里,任凭三藩之乱的消息如何震慑人心,容若却一直在甜蜜的心情里度过,甚至还很有些游山玩水的心情,想来是因为此时的游山玩水终于有了一名美丽的伴侣吧。

北京西郊有一座冯氏园,原是明朝万历年间大太监冯保的园林,虽然改朝换代,物是人非,园林却越发美丽。清代初年,冯氏园海棠花名满京城,文人雅士常常去那里赏玩。

容若也成为园中的游客,为我们留下一首《浣溪沙·西郊冯氏园看海棠,因忆香严词有感》:

谁道飘零不可怜。旧游时节好花天。断肠人去自今年。　一片晕红才着雨,几丝柔绿乍和烟。倩魂销尽夕阳前。

词意是说:[上阕]谁说飘零的海棠花就不可爱了呢?如今又是赏花的时节,海棠美丽依旧,只可惜当年那个赏花、惜花之人,已不在人世了。[下阕]刚刚下过雨,花上的胭脂色被雨水晕染,柳枝柔媚,笼罩在朦胧烟霭中。夕阳的光影里,那美丽的花魂渐渐远去无踪。

词题中所谓"香严词",是指清初大名士龚鼎孳的词集。龚鼎孳与钱谦益、吴伟业合称"江左三大家",因为最有见风使舵的本领,由明入清之后官运亨通,还被尊为一代文坛宗主。容若在康熙十二年(1673)参加过的那场会试,主考官便是龚鼎孳,所以两人有着门生与座主之谊。而就在主持会试的当年九月,龚鼎孳便因病卧床,不多久便去世了,这便是容若词中"断肠人去自今年"之所指。

龚鼎孳生前很喜欢冯氏园的海棠,咏冯氏园海棠的词传唱一时。容若此时"因忆香严词有感",说明他已经真的关注起词的世界了。

四

这一年里,词坛最大事情是朱彝尊登门拜访纳兰容若。当时的人们还看不出这件事的意义,只有当纳兰词名满天下之后,人们才醒悟这一次会面简直等同于唐诗世界里李白与杜甫的会晤。

朱彝尊生于崇祯二年(1629),比容若年长二十余岁,是当时影响力最大的词人。

朱彝尊其人,完全可以说是贫困版的纳兰容若。他有第一流的文学天才,开创浙西词派,与开创阳羡词派的陈维崧并列为当时两大词坛宗主;他的诗歌与文章成名更早,与王士禛并称"南朱北王",是诗文领域里的两大高峰之一;他还有公推第一的儒学素养,博闻强识,晚年编纂《经义考》，学术水准远在容若《通志堂经解》之上；他还是个专情的传奇人物，与妻妹的精神恋爱催生出太多优美的诗词，被世人传诵为经典。

朱彝尊晚年说过一句惊世骇俗的话："宁拼两庑冷猪肉，不删风怀二百韵。"所谓风怀二百韵，是朱彝尊记述自己对妻妹之爱慕的诗句，所谓两庑冷猪肉，是朱彝尊因为经学贡献太大，当时有将他陪祀孔子之议。对于古代知识分子而言，陪祀孔子是千秋万代的第一等荣耀，后世享此殊荣者只有朱熹等极个别的人物。朱彝尊对妻妹的爱恋，虽然仅限于精神层面，却毕竟有伤风化。主流的意见是，只要朱彝尊从文集中删掉相关的诗词就可以了，但他偏偏宁可放弃陪祀孔子的殊荣，也不肯删掉文集里倾诉爱情的诗词。我们必须晓得，那时候的朱彝尊已经是一位老人了，早过了血气方刚的年纪。

这样一个人，倘若也和容若一样是一位自幼锦衣玉食的贵介公子，不知该多么令人倾倒，但他偏偏穷困到了既可怜又可悲的地步，甚至做了人家的赘婿。

在古人的观念里，入赘是一件使男人颜面尽失的事情，所以但凡还有半点选择，男人都不会愿意走上这条婚姻道路。朱彝尊入赘到同乡一户冯姓人家，岳父是一个不入品流的小官，除了冷言冷语之外也给不了女婿别的什么。

按说朱彝尊若是凭着自己的才华和学识在家乡开个私塾或是去做大户人家的家庭教师，小日子倒也不难维持,但他偏偏胸怀大志,将复兴大明江山的事业扛在了自己的肩上,而他那孱弱的肩膀原是连一袋大米都扛不起的。

五

康熙十一年(1672),也就是纳兰容若应顺天府乡试的那一年,朱彝尊从南方故乡奔波到北京,刊行自己的词集,题为《江湖载酒集》,其中以一首《解佩令·自题词集》开宗明义:

十年磨剑,五陵结客,把平生、涕泪都飘尽。老去填词,一半是、空中传恨。几曾围、燕钗蝉鬓。　不师秦七,不师黄九,倚新声、玉田差近。落拓江湖,且吩咐、歌筵红粉。料封侯、白头无分。

明清易代之际,朱彝尊以贫寒布衣之身广交天下奇人异士,以为可以恢复朱明故国,结果却只能在日复一日的失望与消沉中糊口寄食于四方,这便是"十年磨剑,五陵结客,把平生、涕泪都飘尽"所概括的岁月。于是"老去填词,一半是、空中传恨。几曾围、燕钗蝉鬓",眼见得功业无成,只有填一些莺声燕语的小词来排遣悲愤,而自己哪曾真的有过偎红倚翠的生活呢?

这几句词里用到黄庭坚的一则故事:黄庭坚年

轻时玩世不恭，写过很多低俗香艳的词，有高僧法秀劝诫他说："笔墨劝淫，应堕犁舌地狱。"黄庭坚却辩解道："空中语耳"，意即自己所写的那些香艳场面都是凭空想象出来的，自己并不真是那样的人，不至于就会下地狱遭报应。朱彝尊说自己的词也是"空中语耳"，甚至是"空中传恨"，意即《江湖载酒集》里的那些"空中语"其实别有寄托，是借情色来浇胸中垒块罢了，请读者万不可当作艳词来看。

"不师秦七，不师黄九，倚新声、玉田差近"，这几句自道词风：不学秦观和黄庭坚，与张炎的风格最近。"落拓江湖，且吩咐、歌筵红粉。料封侯、白头无分"，是说自己已注定功业无成，只有落拓江湖，借填词来自娱自乐。

其实朱彝尊最推崇的词人不是张炎，而是姜夔，他说过"词莫善于姜夔"这样的话，但这里偏偏要说"倚新声、玉田差近"，是因为他从张炎的身上最能够找到共鸣：张炎是南宋名门之后，朱彝尊的曾祖辈以降多有明朝的名臣名士；张炎以赵宋遗民自居，朱彝尊亦为朱明王朝守节，同样落得个落拓江湖的命运；所以朱彝尊之所以"倚新声、玉田差近"，因为两人自有一种同声相应、同气相求的吸引力在。虽然朱彝尊后来因为名气太响，生计太艰，不得不接受了清朝的"招安"，有愧张炎于地下，但至少在这个时候，还是以张炎作为人格气节之标榜的，而张炎词中那种感时伤世的调性也最能够打动朱彝尊心底最柔软的那块地方。

六

这部《江湖载酒集》当中有一首《百字令·自题画像》，是一幅相当真实的自我写照：

　　菰芦深处，叹斯人枯槁，岂非穷士。剩有虚名身后策，小技文章而已。四十无闻，一丘欲卧，漂泊今如此。田园何在，白头乱发垂耳。　　空自南走羊城，西穷雁塞，更东浮淄水。一刺怀中磨灭尽，回首风尘燕市。草屩捞虾，短衣射虎，足了平生事。滔滔天下，不知知己谁是。

这首词可谓负能量爆棚，除了自嘲，便是激愤，偏偏写得才情四溢，典故与化用的精妙简直就像庖丁在我们眼前做出一场解牛表演。

康熙十年（1671），朱彝尊在扬州请画家戴苍为自己画了一幅《烟雨归耕图》，这首《百字令》便是题画之作，也是对自己前半生的一次满腹牢骚的总结。"菰芦深处，叹斯人枯槁，岂非穷士"，是说画面上，形容枯槁的自己正栖身在芦苇丛中，一副穷途末路的样子。这几句全是写实，却暗用了《吴越春秋》的一则典故：伍子胥在逃亡途中准备渡江，有一位渔人同情他，要他在树下等候，自己回去拿一点食物过来。伍子胥却疑心渔人会报官捉拿自己，便藏身于芦苇丛中小心窥视。渔人回来后不见伍子胥的身影，猜到他的心意，于是唱道："芦中人，芦中人，岂非穷士乎！"

"剩有虚名身后策，小技文章而已"，这两句慨叹自己一事无成，也只有文章可以传一点虚名于后世。古人称文章为雕虫小技，半是认真，半是文人的自嘲。杜甫《贻华阳柳少府》有"文章一小技，于道未为尊"，是朱彝尊的化用所本。

"四十无闻，一丘欲卧，漂泊今如此"，《论语·子罕》记有孔子语"四十、五十而无闻焉，斯亦不足畏也矣"，意即一个人到了四五十岁还没有什么名声的话，以后也就更无足观了。朱彝尊此时已经年逾不惑，仍然过着漂泊无依的日子，对后半生几乎要绝了期望，只愿归隐山林，再不想世俗的功业。

"田园何在，白头乱发垂耳"，但处境太落魄，以至于连归隐都是一种奢望，哪里有田园可以供自己容身呢，唯一所有的也只是这萧萧白发罢了。这一句化用杜甫《乾元中寓居同谷县作歌》"有客有客字子美，白头乱发垂过耳"。

"空自南走羊城，西穷雁塞，更东浮淄水"，这三句概述一生漂泊的轨迹：南至岭南，西至山西，东至山东，漂泊的结果却是"一刺怀中磨灭尽，回首风尘燕市"。刺，即名刺，相当于今天的名片，只是古代用竹简制作。东汉末年，祢衡远游许都

（今河南许昌），怀中一直备有名刺，但长期未有知遇，以至于名刺上的字迹都磨损得看不清了。朱彝尊并不似祢衡那般眼高于顶，而无论浪迹天涯还是寄居京华，却也有祢衡一样的遭遇。

"草屩捞虾，短衣射虎，足了平生事"，是说自己只有以乡间的闲居作为最后的出路了。"草屩捞虾"化用王维《赠吴官》"不如侬家任挑达，草屩捞虾富春渚"；"短衣射虎"用《史记·李将军列传》李广赋闲期间在山中射猎自娱，穿短衣，射猛虎。

"滔滔天下，不知知己谁是"，语出《论语·微子》孔子问津的故事：孔子派子路向正在耕田的隐士长沮、桀溺打听渡口的位置，后者却对子路说："滔滔者，天下皆是也，而谁以易之？且而与其从辟人之士也，岂若从辟世之士哉！"意即世道纷乱，就像这滔滔的河水，有谁能改变它呢？你与其跟着孔子这样坚守清高、不肯与坏人合作的人，不如跟随我们这样彻底弃绝人世的人。在朱彝尊的时代里，读书人皆可以从"滔滔天下"自然而然地联想出孔子问津的这则经典掌故，读得出朱彝尊在这个纷乱的世界里寻不到知己、只有追随避世之人将自己封闭在世界之外的那份痛苦。

七

《江湖载酒集》的刊行使朱彝尊名动京师，使纳兰容若心慕手追、跃跃欲试。

初入词坛的容若在将来很长的时间里对这部《江湖载酒集》或潜心仿效，或刻意反其道而行之。这倒也不足为奇，毕竟当时的词坛，朱彝尊、陈维崧双峰并峙，是所有爱词之人追慕的榜样，而朱彝尊偏于婉约，陈维崧尽情豪放，以纳兰容若的气质，当然更亲近朱彝尊的风格多些。

朱彝尊是对容若填词影响最大的人，但是，在整个浙西词派对朱彝尊亦步亦趋的时候，容若却迅速开辟出自己专属的疆域。他与顾贞观一起，结成京城词坛的黑马组合。朱彝尊不是说"不师秦七，不师黄九"，容若与顾贞观偏偏以秦七、黄九自比，写出比朱彝尊更加接近北宋初年风格的词作。

容若有一首《虞美人·为梁汾赋》完全可以看作他与顾贞观共同的填词宣言：

凭君料理花间课①。莫负当初我。眼看鸡犬上天梯。②黄九自招秦七共泥犁。　　瘦狂那似痴肥好。③判任痴肥笑。笑他多病与长贫。不及诸公衮衮向风尘。

---

① 花间课：在清代人的认识里，《花间集》是历史上的第一部词选，故此这里以花间课代指词集的编选。
② 眼看鸡犬上天梯：葛洪《神仙传·淮南王》载，八公取鼎煮药，使淮南王服用，于是淮南王一家将近三百多人同一天升天而去。淮南王家里的鸡犬舔舐了鼎中的仙药残渣，也一同升天而去。
③ 瘦狂那似痴肥好：《南史·沈昭略传》载，沈昭略为人旷达不羁，好饮酒使气，有一次遇到王约，直视他说："你就是王约吗，怎么又痴又肥？"王约反唇相讥道："你就是沈昭略吗，怎么又瘦又狂？"沈昭略大笑道："瘦比肥好，狂比痴好。"这里容若以"瘦狂"比自己与顾贞观，以"痴肥"比那些"鸡犬上天梯"的人物。

纳兰性德先世世系表

始　祖	星恳达尔汉	明永乐年间，自蒙古土默特部北徙至松花江流域，为女真扈伦部赘婿，遂有其地，因冒姓纳兰。
九世祖	席尔克明噶图	"明噶图"意为"千总"。
八世祖	齐尔噶尼	明成化间，始任塔鲁尔卫指挥。正德初，因犯边，被明捕杀。
七世祖	祝孔革	正德八年，任塔鲁木卫都督佥事。嘉靖初，原属乌拉之王忠崛起，率部南迁至亦赤哈达，祝孔革合族随迁。嘉靖三十年，王忠捕杀祝孔革。
六世祖	太杵	嘉靖三十七年，哈达酋王台杀太杵于紫河堡。
高祖 高伯祖	养古弩 清佳弩	隆庆初，清、养兄弟迁至上辽河，于叶赫河沿筑城。称贝勒，势炽，始有"叶赫国"之称。万历十一年，叶赫与哈达相攻，明开原总兵李成梁于中固城关王庙设伏，诱杀清、养兄弟。
曾从伯祖 曾祖 曾祖姑	布寨 金台什 孟古姐姐	清佳弩子，继为贝勒。万历二十一年，合九姓之师攻建州努尔哈赤，败于古勒山。布寨战死。叶赫遂占建州为不解之仇。 万历二十七年，努尔哈赤灭哈达，叶赫势孤，乃取和于明，以抚建州。万历三十六年，养古弩子金台什为叶赫东城贝勒。万历四十七年，清太祖伐叶赫，叶赫城破，金台什被俘，旋被缢死。叶赫亡。 金台什之妹，万历十六年嫁努尔哈赤，万历三十一年卒。生清太宗皇太极。
祖父 祖母	尼迓韩 墨尔齐氏	叶赫城破时，不足十五岁，归降清太祖，编入正黄旗，授佐领。随军入关，以功授骑都尉，任郎中。顺治三年卒。 先尼迓韩六年卒。
父 母	明珠 觉罗氏	清太宗天聪九年(1635)生。初任侍卫。渐擢部大臣。康熙十六年，任武英殿大学士。康熙二十七年罢，康熙四十七年，以内大臣终。 英亲王阿济格第五女，生天聪十年，年十六归明珠，康熙三十三年卒。

纳兰氏族谱

词题《为梁汾赋》，梁汾即顾贞观，是一位来自江南的放旷不羁的词客。

这首词的意思是说：[上阕]交托你编选我的词集，请不要辜负了我填词的初衷。任凭那些热衷功名的人纷纷高就，我们两个却执意倾注全副心思于填词上，纵然被别人讥笑也在所不惜。[下阕]我们这样的狂生也许的确比不上那些达官显贵，随他们怎样笑话吧。他们会笑话我的多病与你的长贫，笑我们不如在名利场上穷形尽相的众人。

当时成德与顾贞观一道编选《今词初集》，意图以自己的审美趣味筛选当代词家词作。容若还拜托顾贞观编订自己的词集《饮水词》。"黄九自招秦七共泥犁"一句最有深意：秦七，即秦观；黄九，即黄庭坚。秦七婉约，黄九绮艳，故而并称。泥犁，佛教术语，意为地狱。《苕溪渔隐丛话》引《冷斋夜话》，法秀和尚斥责黄庭坚，说他写艳情小词撩拨世人淫念，将来要堕拔舌泥犁。填词历来被视为艳科小道，容若则明确表态，反传统而为之，甘愿在这个"艳科小道"上与顾贞观一起执着下去。

柒 德也狂生耳

一

纳兰容若结识顾贞观是在康熙十五年（1676），容若时年二十二岁。

这一年容若参加廷试，终于闯过了科举考试的最后一关，考中二甲第七名进士。只是考中之后，久久未得官职任命。中举与得官之间历来都有一段或长或短的距离，长的时候甚至可以长达数年，位列唐宋八大家之首的韩愈就曾经有过这种遭遇，以至于困顿京城，几乎就要饥寒交迫了。

容若当然不致有韩愈的担忧，出身与家世使他不必担心仕途上的任何事情，等待的时间岂不正可以换来花前月下与诗词歌赋么？

春夏之交，顾贞观通过朋友的介绍与容若结识，两位天才词人一见倾心，而那种千古知音惺惺相惜的感觉使他们从此越发嗜词如命起来。交谈之间，顾贞观向容若出示了自己的一幅画像，题为《侧帽投壶图》，画中是自己投壶游戏的潇洒模样。

今天任何一名自恋者都会从中寻到共鸣，毕竟这和今天的年轻人在微博上炫自拍没有什么不同。但诗人常常是极度自恋的，甚至还能够欣赏别人的自恋。于是，容若对这幅《侧帽投壶图》叹赏不已，专门为之题写了一首《金缕曲》：

德也狂生耳。偶然间、缁尘京国，乌

衣门第。①有酒唯浇赵州土,谁会成生此意。②不信道、遂成知己。青眼高歌俱未老,向樽前、拭尽英雄泪。③君不见,月如水。　　共君此夜须沉醉。且由他、蛾眉谣诼,古今同忌。身世悠悠何足问,冷笑置之而已。寻思起、从头翻悔。一日心期千劫在,后身缘、恐结他生里。然诺重,君须记。

词意是说:[上阕]我本是一介狂生,只因命运的偶然才生长于京城豪门罢了。我仰慕的是豪爽好客的战国平原君,可有谁了解我这样的真性情呢?和你顾贞观虽然身份地位悬隔,谁能想到我们两个却结成了知己。我们都还没有老去,不该在饮酒的时候流泪悲叹。你没看到吗,此刻月光如水。[下阕]正该开怀痛饮,管那些小人如何在背后议论,才高招忌是古往今来都如此的事情啊。自己的身世遭际不用在意别人的眼光,对那些不怀好意的探询只消冷笑以对。只是当自己思量往事的时候,才觉得有多少悔不当初。和你一朝订交,友谊便会长存,

---

① 德也狂生耳:德,作者自指。容若以"德"称名,是仿效汉人的习惯,仿佛姓成名德,字容若,有时也以"成生"自谓,朋友们书信往来,常常也以"成容若"称之,而不用纳兰(那拉)这个姓氏。
② 有酒唯浇赵州土,谁会成生此意:套用李贺《浩歌》"买丝绣作平原君,有酒唯浇赵州土"。平原君是赵国贵族,"战国四君子"之一,喜好交游,无论达官显贵还是贩夫走卒,只要性情投合,就会倾盖如故。本句意思是仰慕平原君的为人。
③ 青眼高歌俱未老:化用杜甫《短歌行赠王郎司直》"青眼高歌望吾子,眼中之人吾老矣"。青眼,据《晋书·阮籍传》,阮籍放浪形骸,不受礼俗拘束,看到俗人就以白眼视之,看到同道中人就会青眼相加。

生生世世不绝。请你一定记得，我对你的郑重承诺。

《侧帽投壶图》究竟是怎样一幅图画，今天已经无法看到原貌，但想来画中的意境一定是倜傥不群的。所谓侧帽，是一则出自《周书·独孤信传》的掌故：独孤信在秦州时，一次外出打猎，日暮时分方才驰马入城，不经意间帽子略略歪斜，至第二天，吏员凡戴帽之人皆因钦慕独孤信而把帽子微侧。容若甚爱此典，以独孤信自比，刊刻的第一部词集便题为《侧帽词》，或许也是受《侧帽投壶图》的影响吧。

投壶是贵族酒宴上的一种游戏，类似于今天的飞镖游戏，宾主分别以箭矢投向一定距离之外的壶中，最后由司射（裁判）根据每个人的命中率与箭矢插入壶中的状态判分，输者罚酒。由此我们便可以约略想见《侧帽投壶图》的风流格调了。

二

容若这首为《侧帽投壶图》题咏的《金缕曲》迅速不胫而走，传唱京城，成为当年最热门的词作，容若的词人身份从此得到了世人的认可。时人有记载说："都下竞相传写，于是教坊歌曲无不知有侧帽词者。"

于是容若生出了编选词集的念头，一是编选自己的词集，词集的名字就叫《侧帽词》好了，何不委托给顾贞观，由他的眼光来选自己的作品呢；二是编选当代词人的佳作，这件事过于浩大，需要自己与顾贞观齐心协力方可完成。

我们似乎可以看到，容若此时已经有了词的自信，有了在词坛开宗立派的想法。因为编选诗集或词集，这是清代文人宣扬文学主张的最常见、也最有效的办法。选择即判断，因为任何选择总是有主观标准的。清代词坛，由张惠言发轫的常州词派，由朱彝尊发轫的浙西词派，由陈维崧发轫的阳羡词派，莫不是由词集的编选来确立文学主张，然后在偌大的世界里同声相应、同气相求的。

然而，就在这年冬天，编选词集的事业忽然被一件突如其来的事情打断了。事情的起因是顾贞观放在容若桌上的两首新作，词牌是《金缕曲》，有小序说："寄吴汉槎宁古塔以词代书。丙辰冬，寓京师千佛寺冰雪中作。"

其一

季子平安否？便归来，平生万事，那堪回首。行路悠悠谁慰藉，母老家贫子幼。记不起、从前杯酒。魑魅搏人应见惯，总输他、覆雨翻云手。冰与雪，周旋久。　　泪痕莫滴牛衣透。数天涯，依然骨肉，几家能够？比似红颜多命薄，更不如今还有。只绝塞、苦寒难受。廿载包胥承一诺，盼乌头马角终相救。置此札，君怀袖。

其二

我亦飘零久。十年来,深恩负尽,死生师友。宿昔齐名非忝窃,试看杜陵消瘦。曾不减、夜郎僝僽。薄命长辞知己别,问人生、到此凄凉否?千万恨,为君剖。　　兄生辛未吾丁丑。共些时,冰霜摧折,早衰蒲柳。词赋从今须少作,留取心魂相守。但愿得、河清人寿。归日急翻行戍稿,把空名料理传身后。言不尽,观顿首。

这两首书信体的词是顾贞观准备寄给远在塞外的好友吴兆骞的,牵涉着顺治朝一起著名的冤案,该冤案直到此时仍然是一个相当敏感的政治话题,没有人胆敢轻易触碰。

吴兆骞,字汉槎,江苏吴江人,出身于一个著名的书香门第,几乎称得上当时江南第一的风流才子。唯一能够与吴兆骞的才华相比肩的就是他的狂傲,他的才华为他赢来了太多仰慕者,他的狂傲却使他除了顾贞观之外再没有旁的朋友。

明清易代,吴兆骞参加了顺治十四年(1657)的科举考试,没想到大祸陡生。

顺治十四年以干支计算即丁酉年,所以这一年的科场大案被称为"丁酉科场案",这是清代历史中一件牵连极广且轰动全国的大案。案件的起因是有人弹劾这次科场存在舞弊现象，但事情的背景相当复杂，既有确实的舞弊发生，激起民愤，又掺杂着党争以及清政府要在江南立威的政治意图，结果惩治极严。吴兆骞偏偏就是这一届的考生，以他的水平与名望，自然用不着舞弊行贿，但不幸也被牵连进去了。有人便推测这是吴兆骞平时目空一切、结怨太多所致。

吴兆骞最后受到的判决是：受杖责四十，家产籍没入官，父母兄弟妻子一同流放东北宁古塔。而顾贞观这些年来摩顶放踵，奔波于名流与权贵之间，为营救吴兆骞付出了太多的心血。刻意与纳兰容若结交，原本便有着借明珠打点关节的意思。那两首《金缕曲》，那字里行间的古道热肠顷刻间便使容若落泪，当即做出承诺，定将这件事当作自己的事情来办。

顾贞观是个一诺千金的人，他看得出纳兰容若也和自己一样。

三

容若同样以《金缕曲》答复顾贞观，学后者那般以词代书：

洒尽无端泪。莫因他、琼楼寂寞，误来人世。信道痴儿多厚福，谁遣偏生明慧。莫更着、浮名相累。仕宦何妨如断梗,只那将、声影供群吠。天欲问,且休矣。　　情深我自判憔悴。转丁宁、香怜易爇,玉怜轻碎。羡杀软红尘里客,一味醉生梦死。歌与哭、任猜何意。绝塞生还吴季子,算眼前、此外皆闲事。知我者,梁汾耳。

这首词在不同的刻本里或题为《简梁汾》,或题为《简梁汾,时方为吴汉槎作归计》,意思是说:[上阕]没来由的眼泪如今已经流尽,那本属仙界的人啊,真不应该因为难耐仙界的寂寞便错误地降临人世。人世间只有愚笨之人才能享有厚福,而谁让吴兆骞偏偏那样聪明呢?不止是聪明拖累了他,名声也一样拖累了他。做官何妨随波逐流,不必有自己的独立人格。而吴兆骞偏偏特立独行,就连上天也帮不了他啊。[下阕]我为他的遭遇深深惋惜,只要能够救他回来,纵然憔悴也心甘情愿。但我还要叮咛你顾贞观啊,香总是容易烧尽,玉总是容易摔碎。那些在名利场上醉生梦死的人反而活得比谁都好,他们不会理解我们这些性情中人的心思,只会无端地猜忌我们。我一定会把流放北方边塞的吴兆骞营救回来,会全力去办这件事,再不分心理会其他事情。能够了解我这番心意的人,只有你顾贞观了。

词中用到的几则典故别有深意。断梗,典出《战国策·齐策》苏代游说孟尝君的一番说辞:"我路过淄上的时候，见到有土偶人与桃梗对话。桃梗对土偶说：'你虽具人形，不过是西岸之土塑成的，淄水一旦冲刷过来，你就会残缺不全了。'土偶回应道：'我本来就是西岸之土，就算淄水冲来，土也无非复归西岸，而你是东国的桃梗，纵然刻削成人形，待淄水冲刷而来，把你冲走，谁知道你会漂到哪里呢？'

声影供群吠，语出汉代王符《潜夫论·贤难》"一犬吠形，百犬吠声"，也作"一犬吠影，百犬吠声"，一只狗看到形影叫了起来，百十只狗便跟着乱叫，比喻庸人不了解真相而随声附和。

吴季子：即春秋时吴国贤公子季札，亦称延陵季子。以吴季子代指吴兆骞，既是对顾贞观"季子归来否"的直接回应，也表示了对吴兆骞这位素未谋面的江南才子的钦慕之情。受累为一位朋友的朋友办一件费时费力、动辄得咎的大事，这真有几分古之豪侠的味道。纳兰容若之所以成为汉人文士争相结交的对象，这绝不令人意外。

"德也狂生耳"，这话当真没有半点矫情。

四

这一年是纳兰容若成名的一年。在各种因缘际会里，我们还绝不能忽略王士祯的到来。

王士祯，字贻上，号阮亭，别号渔洋山人，山东新城（今山东桓台）人。人们通常据别号称之为王渔洋,但王士禛的生平实在没有半点渔洋山人的气息。他出身于官宦世家,一生仕途顺遂,直做到刑部尚书的高位,同时主盟诗坛四十年,是公认兼钦定的文学领军人,以渔洋山人为号,只是官场上固有的矫情罢了。

王士禛在诗坛成名甚早。顺治十四年(1657)秋,二十四岁的王士禛游览济南,与诸名士会饮大明湖,见湖畔杨柳摇落,不禁怅然有感,为赋《秋柳》诗四首,艺惊四座。当时就有数十人和诗,随即这四首诗盛传于大江南北,引发了一股唱和热潮。而耐人寻味的是,《秋柳》四首语意朦胧,用典晦涩,以至于遗老遗少们相信诗旨与南明亡国之事有关,而王士禛后来偏偏在康熙朝唱响主旋律,标举"神韵",以清冲淡雅的风格回避一切敏感话题。

"神韵"强调含蓄,强调意在言外,言有尽而意无穷,诗句的意义指向只可以指出一个范围,而不可以指出一个具体的方位。这样的话,诗句才会耐人寻味。李商隐的《锦瑟》就是一个范本,所谓"沧海月明珠有泪,蓝田日暖玉生烟",只是让人觉得美,但到底是什么意思,没人说得出来。

清代顺康年间,文坛号称"南朱北王",朱彝尊与王士禛一南一北,成为公认的两大文坛宗主。朱彝尊雅好填词,而王士禛固守着传统士大夫的派头,对词这种"雕虫小技"始终不屑一顾。

但无论如何,王士禛毕竟是有眼光的,敏锐地发现了当时京城里年轻一辈当中的两位佼佼者:其一是容若的好友马云翎,另一个就是容若本人。于是,一经王士禛品题,马云翎与纳兰容若立时身价百倍,王公巨卿争相延接,文人骚客辗转结纳。纳兰容若的风头很快便将马云翎压了下去,原因无他,容若天生有一颗赤子之心,屡屡不计代价地为朋友奔走,他还恰恰有着父亲明珠这个后盾,以至于需要在权力场上解决的问题,容若总可以做得游刃有余。

当时甚至有人将容若的书斋比作终南捷径,耻笑那些打着以文会友的名头交结容若的别有用心的人。确实有太多这样的市侩小人守候在容若的周围,容若也确实缺乏市侩的眼力来辨别真伪,但这又怎样呢,对小溪可以求清澈见底,而名山大川、长江大河只有藏污纳垢方成其大。更何况在一切的交往当中,容若结识了太多真挚的好友,他们大多是南方汉人当中出类拔萃的知识精英。每当和他们一起的时候,容若才会生出真正的故乡的感觉。而每一次分别,又总会惹他生出真挚的伤心。

五

容若的太多诗词都是在与好友分别的时候而作的。

这一年,严绳孙的南归是最使他惋惜的事情。

严绳孙,字荪友,号藕荡渔人,江苏无锡人,是一代书画大家。论年纪,严绳孙要算容若的父执了,但两人以文相交,以心相交,年纪与身份的悬殊并不构成任何障碍,那毕竟都是为俗人而设的东西。

严绳孙是个真正的隐士,虽然迫于政治形势,不得不进京参加博学宏辞科的选拔,不得不接受清朝赐给他的一个官职,但没过多久便找了个妥当的理由辞官回乡,决计在家乡的山清水秀里悠游终老。

容若与严绳孙就是在这一年里结识,又在这一年里分离。容若太希望这位忘年好友能够有求于自己什么,因为那样的话,自己就可以为他多尽一点心力,他也可以多留在京城一段时间。但严绳孙偏偏是个无欲无求的人,几乎真的到了"赤条条来去无牵挂"的境界,才说要走,便马上收拾好了行囊。

容若那首《水龙吟·再送荪友南还》是写给严绳孙的所有诗词里最感人的一首:

> 人生南北真如梦,但卧金山高处。白波东逝,鸟啼花落,任他日暮。别酒盈觞,一声将息,送君归去。便烟波万顷,半帆残月,几回首,相思否。　可忆柴门深闭。玉绳低、蕄灯夜语。、浮生如此,别多会少,不如莫遇。愁对西轩,荔墙叶暗,黄昏风雨。更那堪几处,金戈铁马,把凄凉助。

词意是说:[上阕]你我又将南北悬隔,聚散真如梦幻,你只管回金山归隐好了。归隐之后,你每天看金山下江水东流,鸟啼花落,悠然不计日月,何等逍遥自在。我这番送别,请你务必保重。这一去,你在残月下荡舟江心之时,不知可会屡屡回头,像我思念你一样把我思念?[下阕]可还记得从前我们在灯下长谈?可惜人生聚少离多,令人无奈,倒还不如从不相识的好。我如今只能在西轩中品味孤独,看薜荔爬上墙壁,看黄昏风雨凄迷。更有西南战事的消息传来,而战区离你家乡不远,更教我悬心。

词中提到的"更那堪几处,金戈铁马",是指当时三藩之乱战事正酣,严绳孙的家乡距离战场并不甚远,总有几分被战火波及的可能,这怎能不让友人牵挂呢?

"浮生如此,别多会少,不如莫遇",这一句其实正是容若一生交游的基调所在。他的情感太真挚,太浓郁,以至于无法承受任何一场或许还会相聚的别离。

六

别离之后,便是止不住的思念。我们读容若那首《临江仙·寄严荪友》,会惊叹他对好友的思念真的深入到梦里去了。这应该不止是对好友的思念,还有着对严绳孙自由隐逸生活的向往:

别后闲情何所寄,初莺早雁相思。①如今憔悴异当时。飘零心事,残月落花知。　　生小不知江上路,分明却到梁溪。匆匆刚欲话分携。香消梦冷,窗白一声鸡。

词意是说:[上阕]你离去之后,在春去秋来的岁月流转里,你的闲情雅趣寄托在何处呢?如今因为思念你,我早已形容憔悴、异于当初,那飘零的心事只有残月和落花懂得。[下阕]我从来不晓得去江南的道路,在梦中却分明来到了你的家乡,刚要与你诉说离别后的诸般情形,却被一声鸡叫惊醒。才发觉天已蒙蒙亮,熏香也已烧完,暖意散尽。

幸而思念并不都是愁苦的,也还有谐趣的时候。容若有一首《浣溪沙·寄严荪友》,从京城千里迢迢寄到好友在无锡的家里,只为了打趣他一番:

藕荡桥边理钓筩②。苎萝西去五湖东。笔床茶灶太从容。　　况有短墙银杏雨,更兼高阁玉兰风。画眉闲了画芙蓉。

词意是说:[上阕]想你正在无锡的藕荡桥边整理钓桶吧?那是苎萝山以西、五湖之东的隐居佳

---

① 初莺早雁:形容春去秋来,岁月流转。语出《南史·萧子显传》,萧子显曾作《自序》,有"若乃登高目极,临水送归,风动春朝,月明秋夜,早雁初莺,开花落叶,有来斯应,每不能已也"。
② 钓筩,插在水里捕鱼的竹篓。筩,同"筒",属《平水韵》上平"一东"部,这里当读tōng。

处,你带着笔架和茶炉随意垂钓,逍遥自在。[下阕]更有雨水打在短墙外的银杏树,楼阁吹进染有玉兰花香的微风,那就是你写的"暗绿扑帘银杏雨,昏黄扶袖玉兰东"词句中的景象吧。你擅长绘画,为妻子画眉之余便去画一画池塘里的荷花,多么潇洒闲适。

词中提到的藕荡桥是严绳孙家乡附近的风景名胜,那里夏季满是花香,旁边有一处元明之际水战的战场。严绳孙常常往来于湖上,于是自号藕荡渔人。严绳孙殁后,朱彝尊为他撰写墓志铭,说他在入仕之前就很喜欢县城西边洋溪的丘壑竹林之美,很想在那里终老。

"笔床茶灶太从容",这一句是将严绳孙比作唐代隐士陆龟蒙。《新唐书》本传记载,陆龟蒙不喜欢与世俗之流交往,即便人家登门造访他也不肯相见。他不乘马,只在船上设置篷席,随行总会带着书籍、茶灶、笔床、钓具。当时的人们称他为江湖散人,或号天随子、甫里先生,自比涪翁、渔父、江上丈人。后来朝廷因为知道他是高士而征召他入朝,他没有去。这样的操守与情调,完全可以在严绳孙的身上看到。

全词最妙处就在结尾"画眉闲了画芙蓉",严绳孙以书画知名当代,年纪又长,容若却说他绘画花草只是闺房画眉乐趣之余的闲事,大大地开了好友一个玩笑。

七

诗酒欢宴的日子最是词人的雅趣。纳兰容若之所以如此怀念严绳孙,是因为和后者相聚的日子虽短暂,却皆是在诗酒欢宴里度过的。容若得到了珍稀的古画,第一个便想到找严绳孙来一同品鉴,毕竟天下间还有谁的眼力更胜过严绳孙呢。

有一次容若购得了一幅元代末年大画家朱芾的《芦洲聚雁图》真迹,喜不自胜,与严绳孙一道把玩了许久。这件赏心乐事,化成了一首《满庭芳·题元人芦洲聚雁图》,凝固在时间里了:

> 似有猿啼,更无渔唱,依稀落尽丹枫。湿云影里,点点宿宾鸿。占断沙洲寂寞,寒潮上、一抹烟笼。全不似,半江瑟瑟,相映半江红。　楚天秋欲尽,荻花吹处,竟日冥濛。近黄陵祠庙,莫采芙蓉。我欲行吟去也,应难问、骚客遗踪。湘灵杳,一尊遥酹,还欲认青峰。

词意是说:[上阕]芦洲上不见人烟,似乎能听到猿啼,遍地枫叶殷红。云雾掩映里,能看到一点点栖宿的大雁,这景象让人无限寂寞。一抹烟霭笼罩在寂寞的沙洲与寒冷的水面上,全不似白居易诗中"一道残阳铺水中,半江瑟瑟半江红"的温暖景象。[下阕]现已是秋末，荻花飘飞，一片空濛。在靠近黄陵庙的地方，请不要采摘荷花。我想要走入风景里，一路行吟，而这荒凉的路上应该寻不到前辈诗人的遗踪吧？湘水女神更是无从寻觅，待我以酒遥祭一番，然后细细辨认哪几座山峰才是唐代诗人钱起写"曲终人不见，江上数峰青"时所看到的山峰。

词写得颇有传奇色彩，因为《芦洲聚雁图》是一幅颇具传奇色彩的名画。画家朱芾在画面的空白处如此题写绘画经过说："夜窗剪烛听雨，偶阅叔升钱君所画古木寒鸦小景，不觉技痒，因写芦洲聚雁以配之。适友人黄德谦在座，曰此潇湘水云景也。昔年过二妃庙，今复观此图，恍若重游，但少苦竹翳深耳。予遂添丛蓧于其间，殊有天趣，并赋诗一绝云：夜窗听雨话巴山，又入潇湘水竹间。湘满冥鸿谁得似，碧天飞去又飞还。甲寅春三月修禊日，朱孟辨在西掖记。"这样的情调，正是在京华软红尘里的纳兰容若最倾心向往的。

这幅《芦洲聚雁图》至今犹存，我们可以在台北"故宫博物院"看到它的真迹，画面上钤有"容若鉴藏"，依稀使人想见容若与严绳孙当初悠然赏画的风采。

八

这一切的诗酒风流大多是在渌水亭发生的。渌水亭，是明珠府西花园里的一处小巧的庭院。倘若我们依照红学索隐派的指引,将明珠府想象成大观园的话,那么渌水亭就是潇湘馆一类的所在。明珠府西花园至今犹存,也就是今天北京后海旁的宋庆龄纪念馆,可以使纳兰词的着迷者有一处可供凭吊的所在。

渌水亭的兴建大约与通志堂同时,名字取自《南史》的一则掌故:庾景行是南朝一位世家公子,自幼以孝行闻名乡里,居官之后以勤俭自律,当时颇孚人望,终于被王俭委以重任。安陆侯萧缅得知此事之后,马上给王俭写了一封贺信,信里有两句文采斐然的名言:"盛府元僚,实难其选。庾景行泛渌水、依芙蓉,何其丽也。"当时的人们把王俭的幕府比作莲花池,所以萧缅用"泛渌水、依芙蓉"来赞美庾景行。

容若仰慕庾景行的为人,故而以渌水亭作为自己这一处最钟爱的庭院的名字。

在京华软红尘里,渌水亭是一处难得的闹中取静的所在。置身其中,仿佛置身于陶渊明采菊的乡野。容若有《渌水亭》七绝吟咏庭院所见的风景说:

野色湖光两不分,碧天万顷变黄云。
分明一幅江村画,着个闲庭挂夕曛。

渌水亭地势颇高,视野广阔。在亭中放眼眺望,他人的生活变成自己眼中的风景与图画。《秋千索·渌水亭春望》这样写道:

垆边唤酒双鬟亚。春已到、卖花帘下。一道香尘碎绿萍，看白袷、亲调马。　　烟丝宛宛愁萦挂。剩几笔、晚晴图画。半枕芙蕖压浪眠，教费尽、莺儿话。

　　词意是说：[上阕]卖酒的少女为客人斟酒时低垂着双鬟。卖花人的帘子底下，已透露出春的消息。看一名白衣女子亲自训练马匹，马儿奔腾时踏起一道尘土，满地芳草萋萋，仿佛被扬起的浮萍。[下阕]柳枝萦绕着雾气的样子，宛若人萦绕着愁绪。这真是一幅旖旎的晚晴图啊，荷花枕在浪花上睡去，黄莺仍不住娇声啼鸣。

　　有时心绪太重，夜深无眠，容若也会披衣信步到渌水亭这边，看秋光如何取代了春天。《天仙子·渌水亭秋夜》带给我们截然不同于上一首词的氛围：

　　水浴凉蟾风入袂。鱼鳞蹙损金波碎。好天良夜酒盈尊，心自醉。愁难睡。西南月落城乌起。

　　词意是说：水波摇晃着月影，轻风吹入衣袖。鱼儿在水面嬉游，冲碎了粼粼波光。我在如此良宵里独酌，不待酒醉，心已沉迷。纷乱的愁绪搅得人无法入睡，看月亮向西南方落下，城头上乌鸦飞起。

　　当然，这里常常是喧闹的，朱彝尊会来渌水亭作客，顾贞观也会在这里与容若探讨词集的编选，严绳孙会过来赏画，还有阳羡词派的大宗师陈维崧，还有在王士祯的揄扬下与容若齐名的马云翎，等等等等，所有当时最顶尖的文化精英几乎都是渌水亭座上的常客。

九

渌水亭也有清静的时候，容若会默默地在这里读书，一边享受着妻子卢氏红袖添香的暖意。凡有读书心得，他便记录下来，有些积累之后便做一番编辑整理，这些文字，也就是我们今天看到的《渌水亭杂识》。

《渌水亭杂识》涉及的内容五花八门，大约是《日知录》、《管锥编》那样的类型。当然，没有那么多旁征博引的考据，更多的是诗意的思考。其中最珍贵的内容，自然就是他对诗词的独到之见。约略举例如下：

> 宋人歌词，而唐人歌诗之法废。元曲起而词废，南曲起而北曲废。今世之歌，鹿鸣尘饭涂羹也。（宋人以词入乐，于是唐代以诗入乐的方法便废止了。元曲兴起，词便废止了。南曲兴起，北曲便废止了。如今的歌曲，只是扮家家酒罢了。）

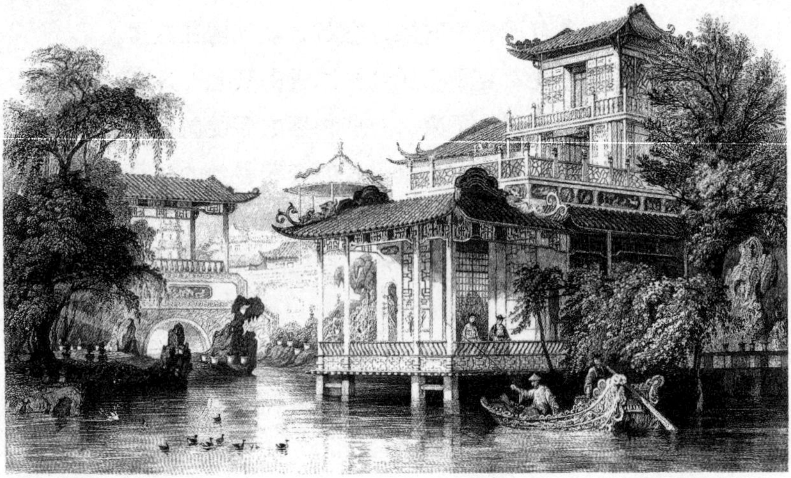

诗乃心声，性情中事也。发乎情，止乎礼义，故谓之性。亦须有才，乃能挥拓；有学，乃不虚薄杜撰。才学之用于诗者，如是而已。昌黎逞才，子瞻逞学，便与性情隔绝。（诗歌是心声的流露，是性情之事，因为诗歌的写作是发乎情而止乎礼义。作诗不仅要靠性情，也要有才，才能挥洒自如；还要有学问，才不至流于浅薄杜撰。但才与学只要达到这样的标准也就足够了。韩愈做诗逞才，苏轼做诗炫学，他们的诗歌便不再直抒性情了。）

自五代兵革，中原文献凋落，诗道失传而小词大盛。宋人专意于词，实为精绝，诗其尘饭涂羹，故远不及唐人。（自从五代乱世之后，中原文化便凋落了，诗歌之道失传了，人们热衷于填词。宋人专心于填词，所以成就极高，他们对于做诗并不认真，故而诗歌的水平远远不及唐人。）

人情好新，今日忽尚宋诗。举业欲干禄，人操其柄，不得不随人转步。诗取自适，何以随人？（人总是喜新厌旧的，如今忽然流行起了宋诗。为科举而读书不得不随着别人订下规矩走，但诗是写给自己的，何必也要随人俯仰呢？）

诗之学古，如孩提不能无乳母也，必自立而后成诗，犹之能自立而后成人也。明之学老杜，学盛唐者，皆一生在乳母胸前过日。（做诗需要学习古人，就像小孩子不能没有乳母，先要由乳母抚养，才能终于长大自立。而明朝人学习杜诗，学习盛唐之诗，却从来不曾自立，好比一辈子都要依赖乳母一般。）

唐人有寄托，故使事灵；后人无寄托，故使事版。（唐人写诗饱含寄托，所以用起典故来灵动自如；后人写诗没有了寄托，所以用起典故来刻板乏味。）

曲起而词废，词起而诗废，唐体起而古诗废。做诗欲以言情耳。生乎今之世，近体足以言情矣，好古之士本无其情，而强效其体以作古乐府，殊觉无谓。（曲子兴起，词便废止了；词兴起了，诗便废止了；唐诗之体兴起了，古诗之体便废止了。做诗只是为了抒发性情，所以我们既然生活在今世，用唐代的近体诗就足以抒发性情了，而那些好古之人本来就没有什么性情，却勉强效仿古体去作乐府，实在无谓。）

十

　　这些诗词方面的心得体会，每每成为渌水亭诗酒聚谈当中的焦点话题。以今天的眼光来看，渌水亭雅集可以说是当时大清帝国里水准最高的文化沙龙，有资格参与其会甚至成为一种身份与才华的象征。以至于有人怀疑，是康熙帝特地安排容若以这样的方式来笼络汉人士大夫，暗中探查反清复明的"逆党"动向。有这般怀疑的人，实在太不了解容若的为人了。即便康熙帝真有这样的用心，纳兰容若绝对是他所能想到的最后一个人选。

　　如果说容若对渌水亭雅集还有任何遗憾的话，那一定是所有老于世故的人都可想而知的那个问题：交游太广，自然难免会有失落的时候。或是发觉一向视为好友的人原来藏着另一番心机，或是感慨原本单纯真挚的人在境遇变化之后竟然也变了性情。所有这些，都是如容若那般怀有一颗赤子之心的人所无论如何也无法容忍的事情，他甚至为此专门写有一首绝交之词，亦即全部纳兰词里最脍炙人口的那首《木兰花令·拟古决绝词》：

　　　　人生若只如初见。何事秋风悲画扇。[1]等

---

[1] 何事秋风悲画扇：汉成帝时，班婕妤受到冷落，凄凉境下以团扇自喻，写下了一首《怨歌行》，大意是团扇材质精良，曾经与君形影不离，但秋天总要到的，等秋风一起，扇子再好也要被扔在一边。

闲变却故人心,却道故心人易变。① 骊山语罢清宵半。泪雨零铃终不怨。②何如薄幸锦衣郎,比翼连枝当日愿。③

这首词的题目也做"柬友",是写给一位友人的绝交信。这位友人究竟是谁,今天已经难于考索。有研究者认为他就是康熙朝的传奇人物高士奇,但毕竟只是猜疑,没有确证。

词意是说:[上阕] 人与人的交往如果能永远保持初次相见时的美好感觉,就不会有因为对方感情变冷而产生的怨恨了。故人的心轻易发生了变化,他却埋怨我这个从未变心的人变了心。[下阕] 骊山华清宫的长生殿里,夜半时分,唐明皇与杨贵妃秘誓相约,愿彼此生生世世不离不弃。但后来发生了马嵬坡之变,杨贵妃缢死。唐明皇夜晚于蜀地栈道雨中闻铃,百感交集,作《雨霖铃》以寄托幽思。杨贵妃若能听到情深义重的《雨霖铃》,应该也不会再怨恨唐明皇了吧。我这位故人却连薄幸的唐明皇都不如,当初的誓言完全被他弃诸脑后。

---

① 等闲变却故人心,却道故心人易变:故心人,语出谢朓《同王主簿怨情》"掖庭聘绝国,长门失欢宴。相逢咏荼蘼,辞宠悲团扇。花丛乱数蝶,风帘人双燕。徒使春带赊,坐惜红颜变。平生一顾重,宿昔千金贱。故人心尚永,故心人不见。"谢朓这首诗,也是借闺怨来抒怀,也用到"悲团扇"的典故,当是此词上阕所本。
② 骊山语罢清宵半。泪雨零铃终不怨:用唐明皇和杨贵妃的故事。骊山指骊山华清宫长生殿,唐明皇与杨贵妃曾在此秘誓相约。白居易《长恨歌》有"七月七日长生殿,夜半无人私语时"。后来马嵬坡事过,唐明皇入蜀。正值雨季,唐明皇夜晚于栈道雨中闻铃,百感交集,依此音作《雨霖铃》的曲调以寄托幽思。
③ 何如薄幸锦衣郎,比翼连枝当日愿:薄幸锦衣郎,即唐明皇。白居易《长恨歌》:"七月七日长生殿,夜半无人私语时。在天愿作比翼鸟,在地愿为连理枝。"

138

此前容若写给高士奇的词,有一首《菩萨蛮》:

为春憔悴留春住。那禁半霎催归雨。深巷卖樱桃。雨余红更娇。　黄昏清泪阁。忍便花飘泊。消得一声莺。东风三月情。

词意是说:[上阕]真挚地想要将春天挽留,无奈突然之间下起骤雨,仿佛在催促春天赶紧离开。深深的巷子里有人在叫卖樱桃,樱桃在雨水的沁润下更显红艳。[下阕]已是黄昏了,我含着眼泪,怎忍心落花就这样飘零而去?一声莺啼,让人愈加留恋春风吹拂的三月。

这首词至今手迹犹存,所以很确定是写给高士奇的。高士奇的身世极为传奇,他是一位工书擅画的江南才子,也很有几分学术造诣。但高士奇出身于一个赤贫家庭,父亲死后,他连吃饭都成了问题,被迫在京城卖字,为百姓人家撰写春联。机缘巧合,明珠看中了这个年轻人出众的书法造诣,将他聘入府中,担任容若的书法老师。数年之后,高士奇经明珠荐举,担任翰林院供奉,于是获得了与康熙帝零距离接触的机会。

如果我们很难凭空想象高士奇的为人,不妨想象一下《红楼梦》里的薛宝钗。红学当中的索隐派有一套经典理论,认为《红楼梦》写的就是明珠的家事,纳兰容若就是贾宝玉的原型,而薛宝钗的原型就是高士奇。以高士奇宝钗式的圆滑，自然和宝玉一般的容若无法相处太久，但他借着明珠的荐举，借着亲近康熙帝的机会，很快便成为后者的心腹，从此唯皇帝马首是瞻，地位迅速蹿升，对明珠和容若却完全变了态度。

　　清代坊间流传着太多高士奇的故事，故事大多是关于他的心机、文才和小聪明的。以下一则故事最有典型意义：康熙帝登临泰山，明珠、高士奇陪伴左右。康熙帝兴致正佳，问两人说："今儿咱们像什么？"明珠答道："三官菩萨。"高士奇却忽然跪倒，高声奏报说："高明配天。"这个绝妙的回答不禁使明珠出了一身冷汗。原来这话出自《中庸》，明珠与高士奇的名字分别有"高"、"明"二字，皇帝又称"天子"，这话用在当下简直是神来之笔。而且《中庸》上下文是"博厚配地，高明配天，悠久无疆"，恰是三句颂语。

　　这样一类的才华，就连纳兰容若也会望尘莫及，而高士奇就是凭着这副本领在官场上越爬越高，越发横行无忌起来，再也不复当初那个在京城街头默默卖字为生的弱质书生的模样。"人生若只如初见"，很多人，很多事，都是这样。

捌 当时只道是寻常

一

无论是惺惺相惜抑或故人心去,当诗酒交游的白昼被霞光掩去,小夫妻的温存夜晚永远是纳兰容若最快乐的时刻。卢氏的一颦一笑,生活中的每一个哪怕再微不足道的细节,在容若的眼里都是那样的风情万种,让他忍不住去怜惜。

有时他会把一些细节写在词里,如那首《鬓云松令·咏浴》:

> 鬓云松,红玉莹。早月多情,送过梨花影。半晌斜钗慵未整。晕入轻潮,刚爱微风醒。　　露华清,人语静。怕被郎窥,移却青鸾镜。罗袜凌波波不定。小扇单衣,可耐星前冷。

词意是说:[上阕]她发髻松散,肌肤莹润,一副慵懒模样。月亮多情,将梨花秀美的影子投送过来。头上发钗歪斜,半晌她也没有整理一下。她爱这微风的天气,脸颊泛着红晕。[下阕]月光孤清,人声全无,她怕被他窥见,特地移走了镜子。她踏出沐浴的水,水波仍在缓缓荡漾。披上单衣,手持小扇,不知道可否挡得住这微薄的夜寒?

在他的眼里,妻子似是曹植当初偶遇的那位洛水神女,凌波微步,罗袜生尘。在中国古代的传统里，几乎没有哪个文人会为妻子写这样的诗词。哪怕他们真心相爱，也必须在礼制的规范中相敬如宾、举案齐眉；哪怕他们真的有这样的情趣，也只会秘而不宣，谁会如容若这般呢？"此由初入中原，未染汉人风气，故能真切如此。北宋以来，一人而已"，王国维在《人间词话》中的见地，果然切中了肯綮。

二

爱情是人心的放大镜，哪怕是三两日的别离也会使人执手凝噎，也会笼起愁云惨雾。那首《南乡子》讲的就是这样的分别，这样的心情：

> 烟暖雨初收。落尽繁花小院幽。摘得一双红豆子，低头。说着分携泪暗流。　　人去似春休。卮酒曾将酹石尤。①别自有人桃叶渡，扁舟。②一种烟波各自愁。

词意是说：[上阕]烟霭暖融融，雨刚停歇，小院里繁花落尽，一片清幽。摘得一双象征相思的红豆，微微低头。说起分离时候的情景，止不住暗自泪流。[下阕]恋人离去，那感受如同春天结束了。也曾对天祈祷恋人一路顺风，向地洒酒。看别

---

① 卮(zhī)：古代一种圆形盛酒器，容量大约四升。酹(lèi)：把酒倾倒在地，表示祭奠或立誓。
② 桃叶渡：王献之曾在南京秦淮河渡口迎接爱妾桃叶，以歌声相赠，后人便把这里称作桃叶渡。

的爱侣欢快地渡河相聚，而茫茫烟波却将我们悬隔两地，任我们各自感伤哀愁。

词中所谓石尤，亦即石尤风，背后有一则很感人的故事：传闻有石氏女子嫁与尤家，夫妻感情甚好，丈夫不听石氏劝阻，执意远行经商，结果一去不归，石氏思念成疾，一病而亡，临死之前长叹道："只恨当初没拦住他，一至于此。从此凡有商旅远行，我当兴起大风，为天下的女人拦阻她们的丈夫。"后来人们便把行船遇到的打头风称为石尤风。此女子以丈夫之姓为名，故称石尤。近来有人自称有奇术，说是只要有人给他一百钱，他就可以止住石尤风。有人当真给了他钱，风果然止住了。后来有人说，所谓奇术，不过是秘密写下"我为石娘唤尤郎归也，须放我舟行"十四个字，沉入水中。

三

他为她填词，亦代她填词，想象她也如自己念着她一般在念着自己，如那首《天仙子》：

> 梦里蘼芜青一翦。①玉郎经岁音书远。暗钟明月不归来，梁上燕。轻罗扇。好风又落桃花片。

---

① 蘼芜:一种香草,诗人多用作思妇怀人之辞。

词意是说：梦见青青蘼芜香草，想到爱人久别不归，音信全无。低沉的钟声里，明月一去不返。梁上燕子栖宿，轻罗小扇陪伴着伊人独眠，看微风又将桃花吹落。

历代文人们写过太多闺怨主题的诗词，这在今天看来颇有几分怪诞。其实，其原委也不难理解：在那个男权社会里，普遍奉行着"女子无才便是德"的训诫，女子的受教育程度普遍不高，即便陷入洪水猛兽一般的热恋之中，也很难与心爱的人以诗词沟通往还，至少写不出与爱人同样的水准。于是，这一"沟通往还"的工作便自然而然地落在了男人肩上，使他们一人分饰两角，这也算是古代知识分子的一项悠久传统了。

容若是如此爱着妻子，以至于往往连三两日的小别都要生出太多的离愁别绪，都要以夸张至极的诗词来宣泄思念，并在想象中宣泄着妻子对自己的思念。试看另一首《天仙子》：

好在软绡红泪积。漏痕斜罥菱丝碧。①
古钗封寄玉关秋，天咫尺。人南北。不信鸳鸯头不白。

词意是说：她的书信写于一幅碧色软绡，上面积满泪水，一手草书写下对边关爱人的无尽思念。

---

① "漏痕"二句：漏痕即屋漏痕，古钗即古钗脚，皆为草书运笔技法，代指草书。斜罥(juàn)：斜挂。菱丝碧：指作书的绢帛。玉关：玉门关，代指边关。

有情人南北悬隔，那痛切的思念让人错觉，天与地之间不过是咫尺之遥，爱人才是遥不可及。在这般哀伤里，人怎能不憔悴生白发呢，正如鸳鸯都是白头。

鸳鸯天生便是白头，但在容若巧妙的修辞里，仿佛鸳鸯是因为相思憔悴才变为了白头似的。爱情里总是充斥着这样的无理之理，总需要太多以理直气壮的姿态所表现出来的蛮不讲理。讲理的世界，从来都不在爱情的疆域里。

再如那首《朝中措》，看那小小的离别被爱情放大成什么样子：

> 蜀弦秦柱不关情。尽日掩云屏。已惜轻翎退粉，更嫌弱絮为萍。① 东风多事，余寒吹散，烘暖微醒。看尽一帘红雨，为谁亲系花铃。

词意是说：［上阕］就算借助琴瑟，也无从抒发此时的感情。整日里屏风紧掩，不愿走出门去。蝴蝶已褪去了身上的彩粉，令人怜惜；而柳絮飘落水中化为浮萍，更加惹人伤感。［下阕］春风无端吹散余寒，偏用那暖意将我从醉酒中唤醒。看窗外雨水打残花枝，不由得想起，曾为爱花心切的她亲手系过护花铃。

---

① 轻翎退粉：《道藏经》载，蝴蝶在交尾之后，身上的粉会退去。弱絮为萍：古人看见杨花柳絮和浮萍有相似的地方，就认为后者就是前者入水之后变来的。《群芳谱》载，浮萍是杨花入水所化。

护花铃是传自唐朝的物事,那是唐玄宗天宝年间,每到春天,宁王就派人在花园里系上红丝,密密地缀上铃铛,系在花梢上,有鸟雀飞集的时候,园丁就拉一拉绳子,把铃铛弄响,把鸟吓走。所以当我们在诗词里看到这样的物事,往往都会唤起"富贵闲愁"的刻板印象,但容若自幼便生活在锦衣玉食里,我们眼中的富贵于他而言只是家常便饭罢了。他就如同大观园里的贾宝玉,整日里的生活都被护花铃、水沉香一类家什包围着,他既不看重,亦不吝惜。只有与爱人小小的离别,才足以颤动他的心。

四

古人不见今时月,今月曾经照古人。

在亘古如一的清皎月色里,人的生命显得渺小又无常。

与今人相较起来,古人对"无常"的感受无疑要深切得多。即便在和顺的太平年间,古人的生命亦脆弱得如同蝉翼。只消一次小小的意外、一场平常得紧的疾病,一个正在盛放的生命弹指间便已消殒,任你是帝王将相,公子王孙,不经意间就会被死神的镰刀收刈,人间药石终归回天乏力。

康熙十六年(1677)四月,卢氏分娩,产下一名男婴,乳名海亮。在那个重视传宗接代的年代里,容若有了嫡长子,明珠有了嫡长孙,这简直是

天大的喜事。但喜事太短暂，卢氏产后患病，用了一个月的时间挣扎在生死线上，终于在五月三十日那天永远地离去，年仅二十一岁。在容若锦衣玉食的一生里，这是对他最大的一场打击。

一喜一悲怎可能就这样接踵而来，人生的故事怎禁得起这样陡然的逆转？今天我们读纳兰词，最容易被一首接一首的悼亡之作感动。在全部的文学史上，再没有谁写过的悼亡诗词有这般撕心裂肺的沉痛了。

曾经有友人的妻子辞世，容若依着当时的风俗，填词代为悼亡，那首《沁园春·代悼亡》就是这样的作品：

> 梦冷蘅芜，却望姗姗，是耶非耶。①怅兰膏渍粉，尚留犀合；金泥蹙绣，空掩蝉纱。影弱难持，缘深暂隔，只当离愁滞海涯。归来也，趁星前月底，魂在梨花。　鸾胶纵续琵琶。问可及、当年萼绿华。②但无端摧折，恶经风浪；不如零落，判委尘沙。最忆相看，娇讹道字，手翦银灯自泼茶。今已矣，便帐中重见，那似伊家。

---

① 梦冷蘅芜，却望姗姗，是耶非耶：王嘉《拾遗记》载，李夫人死后，汉武帝思念不已，一次梦到李夫人赠给自己蘅芜之香，惊醒之后，香气犹在衣枕之间，几个月过去也不见消散。《汉书·外戚传》载，方士少翁称自己能通鬼神，可以把李夫人的魂魄招来以慰汉武帝的相思。一天夜里，少翁布置好灯烛、帷帐、酒肉，请汉武帝坐在另一座帐子里，遥遥看着李夫人的身影翩然而来。汉武帝看得模糊，既不能接近，也不能搭话，愈发相思悲苦，便作诗道："是耶非耶？立而望之，偏何姗姗其来迟！"

② 鸾胶纵续琵琶：《海内十洲记》载，凤麟洲仙人用凤凰的喙和麒麟的角熬煮成胶，可以黏合断掉的弓弦，名为鸾胶，也叫续弦胶。后来鸾胶被用作丧妻再娶之典。萼绿华：仙女名，这里代指亡妻。

词意是说：[上阕]荼蘼香渐渐消散的烟气里，隐约看到你的身影，疑真疑幻。梳妆盒里仍有你未用尽的胭脂，你的首饰与衣衫美丽依旧，看着这些我不禁怅惘良久。留不住你的身影呵，我们只能分别在两个世界。不，还是把我们的永诀当作远隔天涯海角的思念吧。梨花在星月清辉之下的秀美模样，仿如你魂魄归来。[下阕]即便我还可以续弦，但谁又及得上你？可恨命运无端将你从我身边夺去。我最常想起你陪我读书的时候，你为我亲剪灯花，和我赌赛书中的掌故，那是何等的欢乐。幸福一去不返，纵然我隔着纱帐看到你缥缈魂魄的影子，但那毕竟不是真实的啊！

这一首词里，用到了太多华丽的典故，简直有一点堆砌的意思在了。毕竟悼亡这种切肤之痛，旁人的感受至多只是隔靴搔痒罢了。真到自己来悼亡的时候，哽咽的心与哽咽的笔墨哪里还写得来那些雕琢的句子呢。《浣溪沙》，本是适合轻盈婉约风格的词牌，在容若笔下忽然满是阴霾：

伏雨朝寒愁不胜。那能还傍杏花行。去年高摘斗轻盈。　漫惹炉烟双袖紫，空将酒晕一衫青。人间何处问多情。

词意是说：[上阕]天空阴霾浓重，雨却迟迟不落，再加上早晨的寒意，简直令人有些承受不起，哪还有心情再到那条杏花盛开的小路上散步？

那条小路有我快乐的回忆,去年杏花时节,我们曾在那里比赛谁能摘到更高处的花朵。[下阕]如今百无聊赖,不知不觉间,袖子被香炉的氤氲熏成了紫色,衣衫亦染满酒痕,我这无法排遣的深情又有谁能了解。

再如《采桑子》:

海天谁放冰轮满,惆怅离情。莫说离情。但值良宵总泪零。　　只应碧落重相见,那是今生。可奈今生。刚作愁时又忆卿。

词意是说:[上阕]是谁在海天之间安放一轮皎洁的圆月,徒然惹动了离愁别绪。罢了,不要再说什么离愁别绪了吧,每个良宵我总是涕泪飘零。[下阕]我们定会在另一个世界重逢,但今生毕竟无法再相遇。这无奈的今生今世呵,为何我又一次在愁怀中将你想起!

还有那首《蝶恋花》,带着梁祝故事的悲伤韵味:

辛苦最怜天上月。一昔如环,昔昔都成玦。若似月轮终皎洁。不辞冰雪为卿热。　　无那尘缘容易绝。燕子依然,软踏帘钩说。唱罢秋坟愁未歇。春丛认取双栖蝶。

词意是说：[上阕]最怜惜月亮的辛苦，一个月中只有一夜圆满，其他所有夜晚都有残缺。如果你能像满月那般永远皎洁圆满，永远与我团聚相守，我愿为此付出一切，就连生命也在所不惜。[下阕]无奈尘缘易断，但燕子依然呢喃不已，不懂得人的伤心。用诗笔倾诉我的忧愁，诗句收尾处忧愁却仍在延续。等到春天，在花丛里辨认那些并肩双飞的蝴蝶，不知道哪一只是我，哪一只是你。

"不辞冰雪为卿热"，这是用到《世说新语》所记载的荀奉倩的故事，是本书第一章里叙述过的。"春丛认取双栖蝶"，这一句背后的故事正是"化蝶"传说最原始的版本：民间传说大蝴蝶必定成双，是梁山伯、祝英台的魂魄所化，而在更早的版本里，它们是由韩凭夫妇的魂魄变化而来的：宋康王夺走了韩凭的妻子，派韩凭修筑青陵台，借故杀死了他。韩妻请求到青陵台上临丧致哀，出发之前，暗自将衣服腐化，待一上青陵台上之后，她突然投身跳下台去。宋康王派来看守她的人急忙拉住她的衣角，谁知衣服触手即碎，化作片片蝴蝶。宋康王愤恨不已，特意将韩凭夫妻分别埋葬，却不想两座坟墓上分别生出了两棵大树，枝条互相接近，终于缠绕在一起，成为连理枝，而韩凭夫妇的魂魄于是化为蛱蝶，双双飞舞。

刻骨的哀伤下，容若甚至觉得自己的命运还不如韩凭，因为自己分明遭受了莫大的不幸，却根本找不到罪魁祸首，连怨恨的情绪都寻不到一个焦点来寄托，只有埋怨命运无常的摆布，而命运究竟又为何对自己，对妻子卢氏做出这样荒唐而残酷的摆布呢？这一切，一切的一切，究竟是为了什么？

五

那时候的容若闭门却客，将自己埋在无数精研易理的书卷里，试图以这样的方式来开解伤悲。这或许是幼稚可笑的方式，或许是徒劳无功的努力，但是除此之外，他又还能做些什么呢？

难道易理就可以解释宇宙人生无常变幻的奥秘么？古代圣贤确实这样说过。容若就这样埋头书案，摘编历代易学大师的精妙语录，直至编成了一部《合订大易集义粹言》。后来在这部书刊刻的时候，朱彝尊为之作序，谈到该书的撰述经过说："吾友纳兰侍卫容若，以韶年登甲科，未与馆选，有感消息盈亏之理，读《易》渌水亭中，聚《易》义百家插架，于温陵曾氏《粹言》、隆山陈氏《集传精义》，十八家之说有取焉，合而订之，成八十卷。择焉精，语焉详，庶几哉有大醇而无小疵也乎。"

朱彝尊这样讲，其实是在为容若开脱。以当时的观念，为了仕途的不畅而有感于消息盈亏之理，探究易学奥义，这是所有知识分子都可以接受的事情，但是，为了爱情，为了亡故的妻子而悲伤到无法自拔的地步，甚至不顾惜自己的身体，这简直有点大逆不道了。倘若因为这个缘故而有感于消息盈亏之理，进一步在易理的世界里寻找答案，这就荒谬得近乎可笑。儒家标准里的夫妻之道与男女之情，要发乎情而止乎礼义，在一切皆有节制的生活规范里亦步亦趋，切不可如《世说新语》里所讥讽的荀奉倩那般限于"惑溺"。

殊不知，朱彝尊出于善意而刻意为好友隐瞒的这一面，偏偏正是容若得以感动现代读者的赤子之心。

在对易理的钻研里，容若的心似乎平静了下来。我们读他那篇《易九六爻大衍数辨》，探索术数的奥秘，仿佛是一篇数理哲学的学术论文：

> 《易》言理也，而数有不通则无以明理。何先儒亦似有昧于数以昧于理者乎？他不具论，即如每卦六爻必分冠之曰九曰六，先儒曰：九为老阳，六为老阴。君子欲抑阴而扶阳，故阳用极数，阴用中数。
>
> 是说也，予窃疑之。夫阴阳天道岂徒用数而能抑之扶之哉？尝深思而得之曰：此无他，天地之正数不过一二三四五之正数，至六七八九十之成数则各有所配，非正数矣。作《易》者每用正数，故孔子曰：参天两地而倚数。其参天不过一也、三也、五也，而一与三与五非九乎？其两地不过二也、四也，而二与四非六乎？此九、六为天地正数，故可分冠于各爻。若

曰扶阳抑阴，于分爻之义无取，其昧于数者一也。

又如大衍之数五十，其用四十有九。先儒曰：数所赖者五十。又曰：非数而数以之成。是说也，予尤疑之。夫数贵一定，而曰所赖五十，非数而数，不大诞谬哉。尝深思而断之曰：此脱文也。天一地二天三地四天五地六天七地八天九地十，数正五十有五，故乾坤之策始终此数。《系辞》明曰：天数二十有五，地数三十。五十有五岂不显然，而何必独于此减其五数以另为起例哉。

至于所用之数，或曰除六虚，言之引撰著为证，亦非也。盖数始于一，终于五，天道每秘其始终以神其消长，故虚一与五以退藏于密，则其用四十有九而已，此后世遁甲之术所由出也。若曰除六虚，于始终之义未明，其昧于数者二也。虽然，亦谓其理当如是耳。有不信者，试为焚香静坐以深探之。

文章通篇说理，也说得确有道理，然而偏偏在结尾处留下一个虔信的宗教一般的尾巴："有不信者，试为焚香静坐以深探之。"似乎任何人只要焚香静坐，以宗教修炼的姿态来思考他的这篇论文，就一定会赞同他的观点似的。生死无常的道理，毕竟在逻辑与学术的世界里寻不到答案,一定是要以信仰为归宿的。

六

容若原本并不信佛,甚至对佛教很有几分揶揄,觉得那只是愚夫蠢妇的把戏,不足以入博学而睿智者的法眼。然而,自从妻子骤然辞世以后,他才发觉无论再严苛的逻辑,再深奥的学术,都无法开解他对生死无常的疑惑,亦无从减轻他情感上难以承受的悲凉。

依据当时的风俗,卢氏的灵柩暂时停放于双林禅院,等待最后的下葬。双林禅院位于北京阜成门外二里沟,今天紫竹院公园附近,遗迹已然无存。容若常常守在那里,与灵柩相伴,不许灵柩如期下葬,仿佛还期待着妻子会复生似的。悲伤至极的时候,依旧只有填词。《望江南·宿双林禅院有感》就是在此时写就的:

> 挑灯坐,坐久忆年时。薄雾笼花娇欲泣,夜深微月下杨枝。催道太眠迟。　憔悴去,此恨有谁知。天上人间俱怅望,经声佛火两凄迷。未梦已先疑。

词意是说:[上阕]挑亮灯芯,在夜中独坐,久久地回忆去年光景。还记得那个时候,薄薄的雾气笼罩花枝,花朵那娇滴滴的模样就像快要哭泣。夜深时一轮淡月挂在杨柳梢头,景色迷蒙而美丽,让人不忍睡去,是你关怀地催我早些就寝。[下阕]如今你离我而去,我满腔幽怨谁能明白?你我天人悬隔,在两个世界里各自怅望对方却无缘再聚,而这寺院里,诵经的声音和佛前的烛火无不令人感到凄迷。明明人还清醒,却分不清眼前的影像与声音究竟是梦是真。

另一首《忆江南·宿双林禅院有感》更有万念俱灰的悲怆:

心灰尽,有发未全僧。风雨消磨生死别,似曾相识只孤檠。情在不能醒。　摇落后,清吹那堪听。淅沥暗飘金井叶,乍闻风定又钟声。薄福荐倾城。

词意是说:[上阕]彻底心灰意冷,与僧人的差别只是头发尚在罢了。我们共同经历了风风雨雨,而今生死悬隔,无法再彼此依靠。眼前的景物里,只有那盏孤灯似曾相识,勾起我对你绵长的思念。[下阕]草木凋残之后,秋风凄清,越发催人伤怀。落叶扑簌簌飘坠井栏,风刚停歇,寺院的钟声就敲响了,那是我这个福薄之人所请的僧人在超度你的亡魂啊。

七

用情太深，太专，对"情"字便有了与常人不同的看似离经叛道的新解。若非与容若一样深情的人，怕是很难读懂这首《山花子》的貌似无情：

风絮飘残已化萍。泥莲刚倩藕丝萦。珍重别拈香一瓣，记前生。　　人到情多情转薄，而今真个悔多情。又到断肠回首处，泪偷零。

词意是说：[上阕]被风吹残的柳絮已坠入水中化为浮萍，池中荷花刚刚被藕丝绊住。我特地拈起一片花瓣同你约定，希望来世还能够记住今生彼此的感情。[下阕]本以为心中情愫太多的时候，感情便会走向另一个极端，变得淡薄；而今我却真真懊悔自己为何如此多情，这才知道，情多非但不会转薄，反而在伤情时越发不能承受。我不由得再一次来到勾起美好回忆的地方，偷偷落泪。

"人到情多情转薄"，这真是毫无道理的句子，常人只道情多便会一往情深、不能自拔，又怎能理解"情转薄"的道理呢？"而今真个悔多情"，若自己是个无情的人，便不会承受这般伤情的痛苦。这时才真的体会到，原来看不起那些铁石心肠、冷漠无情的人，殊不知只有铁石心肠、冷漠无情才是多情者的人生中最好的铠甲。

由夏入秋，对旁人来说仿佛弹指之间，对容若来说却分明度日如年。突如其来的悲怆大多被消磨尽了，却没想到沉静下来之后的淡淡思量才更有伤人的力量。这时节写出的一首《浣溪沙》是所有悼亡词里最催泪的一首：

谁念西风独自凉。萧萧黄叶闭疏窗。沉思往事立残阳。　被酒莫惊春睡重，赌书消得泼茶香。当时只道是寻常。①

词意是说：[上阕]独自在西风中感受秋凉，关上窗，看窗外黄叶零落。夕阳的余晖映在身上，我久久呆立，沉浸在当初有你陪伴的回忆里。[下阕]记得某个春日晚上我们一起欢醉，早晨迟迟起不了床。我们还时常谈诗论文，快乐得忘乎所以。那样的幸福如今已成奢望，当时竟然只觉得这一切不过是寻常。

这世上还有什么比美更美？

有，那就是把美当着你的面摔得粉碎。

三年短暂的快乐也许只是为了让容若日后的回忆更为沉痛悲苦，人生的悲剧也许只是上天残忍地安排在天才生活中的艺术素材。我们读着这首小

---

① 被酒：醉酒。赌书消得泼茶香：李清照《金石录后序》记载自己与赵明诚的夫妻生活，说每次饭后都在归来堂烹茶，指着堆积的书卷，互相考较某事在某书第几卷第几页第几行，以胜负决定饮茶次序。答中的人每每举杯大笑，甚至于把茶水倾在怀里，反而喝不到了。

令，由上片的苍凉突然转入下片的欢乐，由上片的孤独突然转入下片的合欢，但我们一点也感受不到欢乐，只觉得欢乐之情写得越深，背后的孤独之情也就越重。容若那甜美的夫妻生活，醉酒而春睡不起，赌书而对笑喷茶，以李清照与赵明诚千古第一的夫妻佳话来比拟自己的二人世界，水乳之得，情意之切，以乐事写愁心，以合欢写孤独，令人但觉天地之大，纵然可以包容万物，却容不下一个人内心的愁苦。

使天地逼仄到极致的还是末句。"当时只道是寻常"，这样平淡如家常的句子轻易道出了人生真谛，而这样的忧思慨叹又岂是容若所独有？

宗教家说：世间本没有恶，我们所谓的恶，其实只是善的失去；世间本没有丑，我们所谓的丑，其实只是美的失去。

有人问道：造物主为什么会允许善和美的失去？

宗教家回答说：是为了让人们更好地认识善、珍惜善，认识美、珍惜美。

每一个平平凡凡的快乐都是弥足珍重、来之不易的，你若当它只是寻常，失去时便只有悔不珍惜。亲人、爱侣、晚风、秋月，这一切一切的寻常，又有几人能够承受失去之痛呢？

骨中之骨，血中之血，岂是寻常？

八

反讽的是，偏偏在这个时候，容若突然得到了朝廷授职，就任乾清门三等侍卫。

按说以八旗子弟的身份，不必考取功名，单凭门荫就有资格任职大内侍卫，而进士出身的人，理应在朝廷担任文官。容若考中进士，自身又具绝佳的文官之资，一切兴趣爱好皆在诗书文章，翰林院的职位才是于公于私都最适合他的。康熙帝却偏偏使他和那些连字都识不得几个的八旗子弟一起做了侍卫，这真是令当时所有人都匪夷所思的事情。

多年之后，好友姜宸英为容若撰写墓表，提及这一段经历说："今上重器君，不欲出之外廷。置名二甲，久之，授三等侍卫。"姜宸英认为康熙帝格外器重容若，想将他留在身边，这才做出这样的安排。即便真是如此，这毕竟太违拗容若的天性与追求了。只是，君父之命，又怎可以违抗呢？

三等侍卫，在常人看来已经算是梦寐以求的美差了，论品级是正五品，论俸禄有八十两银、四十石米的年俸，有二十四亩田产，还有各种福利补贴。最要紧的是，这个职位可以随侍皇帝左右，有很多狐假虎威的特权。

但容若偏偏不在意这些，因为他的生活里最不缺少的就是财富和特权。他所渴望的东西，诗词文章和心爱的妻子，上天却偏偏要无情地捉弄。

在随侍帝王的生涯里，容若如临深渊，如履薄冰。这样的位置，高士奇那等人做起来可以如鱼得水，容若却只有如坐针毡的感觉。所以容若常常在诗词里发些牢骚，有时候明明是填词来宽慰友人的不幸，写着写着，却写到自己的心事里去了。《贺新郎·慰西溟》就是这样的一首词：

何事添凄咽。但由他、天公簸弄，莫教磨涅。失意每多如意少，终古几人称屈。须知道、福因才折。独卧藜床看北斗，背高城、玉笛吹成血。[1]听谯鼓，二更彻。　丈夫未肯因人热。且乘闲、五湖料理，扁舟一叶。泪似秋霖挥不尽，洒向野田黄蝶。须不羡、承明班列。马迹车尘忙未了，任西风、吹冷长安月。又萧寺，花如雪。

词意是说：[上阕]是什么事情让你伤心落泪呢，纵然上天不使你仕途得意那又如何，只要心志不改就好。自古以来，人们总是失意多于如意，更何况才华太高总会减损人的福分。你独坐在京城的城墙之外，仰望北斗，吹着笛子，笛声载满幽怨。城门的望楼上响起了更鼓之声，已经要到三更天

---

[1] 藜床，简陋的坐具。北斗，双关语，明指北斗星，暗指朝廷。古人以北斗代指中央政权，如《论语·为政》有"为政以德，譬如北辰，居其所而众星共之"。联系下句，本句当指姜宸英在京城北城墙外千佛寺的临时落脚之地对朝廷充满期待。

161

了。[下阕]大丈夫总是不肯借助别人的力量来成就自己的事业,不如索性归隐五湖,去过一段自由自在的生活。那些像秋雨一般流不尽的泪,尽可以洒向美丽的乡野之地,何必羡慕庙堂之上的功名?京城永远这般熙熙攘攘,人们忙着争名逐利。就让秋风把京城的月亮吹凉,你且潇洒归去,这是个好时节呵,你所寄寓的寺院里正花开如雪。

词题中的西溟,即汉人大儒姜宸英。姜宸英一心仕进,却屡屡落榜,熟识者莫不为之称屈。当时姜宸英北上赶考,寄居在北京郊区的一座寺院里,年纪老大,落榜的资历比谁都长。又一次落榜之后,容若以这首词开解好友那颗郁郁寡欢的心,其实却句句关乎自己的悲哀。

"丈夫未肯因人热",这一句用到《东观汉记·梁鸿传》的典故,最是耐人寻味:梁鸿的邻舍有一天先做了饭,然后招呼梁鸿趁着灶台还热赶紧做饭,而梁鸿说自己不是个"因人热"的人,即不会借着别人烧热的灶台来给自己做饭,于是把灶台灭掉,重新生火。

这个典故,表面上是勉励姜宸英从气馁中自强,其实在反讽自己的身世:倘若自己不是出身于富贵之家,倘若不是八旗子弟,那么凭着进士出身,顺理成章便可以荣登朝廷文官的行列,又何必屈身去做侍卫呢?

这里有一个特定的背景要讲:满人入主中原之后,很大程度上还保留着蛮族社会的组织结构,最重要的就是主奴关系，一直延续到清代末年。举例而言，清代典章制度，满臣上疏自称奴才，汉臣上疏则当称臣。乾隆三十八年（1773），满臣天保和汉臣马人龙联合上了一道奏章，因为天保署名在前，便连书为"奴才天保、马人龙"。乾隆帝对这个署名大为光火，斥责马人龙"冒称"奴才。为了杜绝这种现象，乾隆帝规定，若再有满汉大臣联名奏事，署名一律称臣。——这就是说，为了不让汉臣冒称奴才，宁可让满臣受点委屈。

奴才，这个极具侮辱性的称谓在清代却代表着尊荣和特权，是许多只能称臣的汉人企慕不及的。大内侍卫，在清朝人的眼里就属于皇帝的奴才，比"臣"的身份更高，和皇帝也更亲。但是，容若汉化得太深，以至于心底深处只能接受儒家政治里的君臣关系，不愿意以奴才的身份自居甚至自傲。他越发嫌弃起自己的血统了，但血统毕竟不是他能够选择的，"因人而热"的结果也毕竟是他无力避免的，于是只有"失意每多如意少"，在旁人羡慕的目光里郁郁难平且惴惴不安。

九

这漫长的岁月里，因为爱妻的早逝，无论仕途与友情，一切在容若眼里都只是愁云惨雾。

顾贞观又一次匆匆抵京，邀约容若一同增修《今初词集》，想来是欲以此来缓解好友的悲伤。但容若的悲伤岂是任何事情可以缓解得了呢,他只是敷衍着词集的事情,事情似乎做了,又似乎没做。然而,当顾贞观准备南归的时候,容若偏偏又舍不得他,他越发舍不得任何一个和自己亲近的人。

临别之时,容若将自己的一幅画像赠给顾贞观,还在画像上题写了一首《于中好·送梁汾南还,为题小影》,词句里蕴含的再不仅仅是以前与好友分别时的留恋,而多了一分无法言喻的伤心:

握手西风泪不干。年来多在别离间。遥知独听灯前雨,转忆同看雪后山。　凭寄语,劝加餐。桂花时节约重还。分明小像沉香缕,一片伤心欲画难。

词意是说:[上阕]你即将离去,我们紧握双手,泪流不止,西风亦吹不干。这一年来我们总是聚少离多。我在京城,遥想你独对孤灯,凄凉听雨,忽然回忆起当初我们一同雪后看山的快乐。[下阕]你对我多有寄语,我劝你保重身体。我们约定好,在下一个桂花开放的时节你再回来和我相聚。在熏香的烟气里,我把自己的画像赠送给你。而我与你分别时的伤痛,却是画笔无法传达的。

容若的这幅画像后来被顾贞观收藏在无锡惠山贯华阁,可惜在流传数代之后,于道光年间毁于火灾。

十

　　明明是与好友分别，容若的词却写得越发像是与爱人分别。卢氏之死给他造成的怆痛太深，以至于一旦填词，一旦涉及离别的主题，甚至仅仅涉及伤春悲秋的泛泛主题，他也会写得恍惚，字里行间永远都带着卢氏的影子。送别顾贞观的时候，那首《大酺·寄梁汾》就是这样让人看得恍惚：

> 只一炉烟，一窗月，断送朱颜如许。韶光犹在眼，怪无端吹上，几分尘土。手撚残枝，沉吟往事，浑似前生无据。鳞鸿凭谁寄，想天涯只影，凄风苦雨。① 便砑损吴绫，啼沾蜀纸，有谁同赋。　　当时不是错，好花月、合受天公妒。准拟倩、春归燕子，说与从头，争教他、会人言语。万一离魂遇，偏梦被、冷香萦住。刚听得、城头鼓。相思何益，待把来生祝取。慧业相同一处。①

　　词意是说：[上阕] 只不过是一炉烟、一窗月，这般景致便催人衰老了几分。虽然青春未逝，却无端添了些许沧桑。手捻残枝，沉思往事，我们

---
① 鳞鸿：即鱼雁，代指书信。
① 慧业：佛教术语，指智慧的业缘。"待把来生祝取，慧业相同一处"，是祝愿来生能继续今生的友谊。

是否前生便已订交？音书如何才能传递，想你此刻孤单单远行天涯，正在凄风苦雨里漂泊。任凭我写坏了吴绫，泪痕沾湿了蜀纸，却无人再与我一同吟诗作赋。[下阕]当初你被排挤失官，并非你做错什么，只是才高招忌罢了。打算拜托春归的燕子向你转达我全部的心意，怎奈燕子不懂得人类的语言。又期待我们的魂魄在梦中相逢，却偏偏连梦也被清冷的花香绊住。刚刚听到城头报时的鼓声，我在对你的牵挂里总也不能入睡。但相思只是徒劳，倒不如祈祷能和你缘订来生。

顾贞观早在康熙十年（1671）因为恃才傲物而受到同僚的排挤，被迫辞官远去。辞官之后，他非但没有汲取教训，性格上的疏狂反而变本加厉起来。他是天才的词客，注定无法成为官场动物，而他这样的性情，也只有容若这样的好友才可以完全容忍下来，丝毫没有龃龉不畅的感觉。

因为卢氏的死，容若变得太害怕失去，心态简直可以说是患得患失了。亲人、好友、同道，他担心失去他们中的任何一个人。他开始沉迷在六道轮回的佛教说辞里，但愿生命永远轮转不歇，但愿亲密的关系可以一世又一世地绵延下去，直至无穷。至于佛教修行的目标，所谓超脱生死，跳出轮回，他却买椟还珠一般的毫不在意。

一

无论感性主义者还是理性主义者，一个人只要无力承受现实，便总会投向宗教的怀抱。

在容若而言，易理解决不掉的问题，就让佛理来解决好了。

遥想大唐，元稹写诗哀悼妻子的时候，好友白居易不是写过这样的诗么："夜泪暗销明月幌，春肠遥断牡丹庭。人间此病治无药，唯有楞伽四卷经。"如果说在生离死别中无法化解的哀痛是一种病症，那么这种病症在人间无药可治，只有求诸方外，在佛经的义理中疗伤疗心吧。

白居易所谓"楞伽四卷经"，是指四卷本的《楞伽经》，这是禅宗的原始经典。

在禅宗的谱系里，传说达摩祖师一苇渡江，在中土创立禅宗，被后人奉为禅宗初祖。禅宗从初祖达摩传至五祖弘忍，都是以《楞伽经》作为核心经典的。五祖弘忍教出了慧能和神秀两个太有名的弟子，一南一北各自开宗立派，各自以六祖自居。今天我们谈到禅宗，都会依据《六祖坛经》的记载，将慧能视为正宗的禅宗传人，这其实是以成败论英雄的说法：因为唐武宗灭法的影响，依附于大庄园经济的神秀一脉难以维系，只落得日渐式微的下场；慧能一脉却因为有自给自足的小农经济，受灭法的冲击并不很大，于是在灭法活动结束之后竟然

玖 但是有情皆满愿，更从何处着思量

成为佛教界各宗各派中几乎硕果仅存的宗派，然后就发扬光大，一发而不可收。

其实在慧能和神秀生前，神秀的名望和影响力远远大于慧能，一直是被当作唯一的禅宗六祖的，甚至被武则天奉为国师，烜赫一时。神秀一脉继承《楞伽经》的衣钵，慧能却吸取了太多唐代新近流行的《金刚经》的义理，从此南北两途判然有别。随着两派势力的此消彼长，《金刚经》和记载慧能语录的《六祖坛经》大行其道，《楞伽经》的读者反而越来越少。但是，至少在白居易的时代里，《楞伽经》依然是禅宗最有影响力的经典之一。

《楞伽经》仔细讲授了禅定的修行方法，也就是民间传说的"达摩面壁"的功夫。达摩所谓壁观、面壁，其实就是坐禅，是传自古印度的一种瑜伽法门。慧能作为禅宗的改革派，提倡顿悟，反对坐禅，吸引了大批追求简易的信众。但是，坐禅的法门依然传承下来。我们不难想见，以容若此时的心绪，一切机锋、公案对他都不会有任何吸引力可言，只有自虐一般的坐禅才是他最需要的东西。

于是容若投身在坐禅与《楞伽经》的世界里，还为自己取了一个"楞伽山人"的别号。

"楞伽"在佛教信仰里真有其山，佛陀进楞伽山讲说佛法，于是才有了这部《楞伽经》。容若只有在佛经的字里行间想象那座楞伽山的模样，想象自己坐在一众菩萨与罗汉之间，静静地听着佛陀传法。但这还远远不够，因为《楞伽经》纵然可以解释轮回与因果，纵然可以解释自己的生与妻子的死，自己却终于不愿意接受任何解释，只希望使昨日重来，只希望使妻子复生。

二

这样的希望在佛教的世界里谈不上是奢望，只要你足够心诚，《法华经》就可以帮你做到。所以我们似乎看到了很荒唐的事情：刚刚为自己取了"楞伽山人"这个别号不久，容若便从《楞伽经》的世界跳到《法华经》的版图里了。

《法华经》，全称《妙法莲华经》。妙莲花之"花"就是"华"，汉字里本来没有"花"字，"花"是后起的俗字，后来约定俗成，才在"花"这个义项上取代了"华"。《法华经》属于大乘佛教，本是天台宗的主要经典，卷帙浩繁，理论体系也比较复杂。《法华经》真正对大众发生影响的只是其中的《观世音菩萨普门品》，这是中土佛教中观世音信仰的主要源头。

《法华经·观世音菩萨普门品》中，无尽意菩萨向释迦牟尼请教，观世音菩萨为什么名为观世音，释迦牟尼作了一番非常详细的说明："如果有无量百千万亿那么多的众生，他们遭受到种种苦恼，现在听说过观世音菩萨之后，只要一心称念他的名号，观世音菩萨就会立即观察到这声音，使那些身处苦恼的人都得到解脱。如果有人奉持称诵观世音菩萨的名号,那么即使他不幸陷入大火之中,大火也不能将其烧着,这是因为此菩萨有大威力大神力的缘故。假如有人不幸被大水卷走,只要他称念观世音菩萨的名号,他就能很快到达浅处。假如有百千万亿那么多的众生,为了寻求金、银、琉璃、砗磲、玛瑙、珊瑚、琥珀、珍珠等宝物,乘船进入大海,即使正好碰上狂风,将其船只吹到罗刹鬼国,如果其中有人,甚至仅仅一人,称念观世音菩萨的名号,那么所遇难的人都能从鬼国中解脱出来。因为这种因缘,所以就称其为观世音菩萨……"

《法华经》里的这位观世音菩萨最得世人的喜爱,因为你不管遇到什么苦难,不管遭受着多大的烦恼,只要念诵观世音的名号,观世音菩萨就会到你身边,立刻为你排忧解难。

容若《杂诗》之七以大彻大悟的口吻这样讲道:

药误求仙人,禄湛患失客。①
文章猯貉啖,勋名过眼息。②
西方有至人,莲花护金碧。③

---

① 湛(dān),"酖"的假借,意为乐酒,沉迷。《诗经·大雅·抑》:"颠覆厥德,荒湛于酒"。郑玄笺:"荒废其政事,又湛乐于酒。"章炳麟《诸子学略说》:"孔子讥乡愿而不讥国愿,其湛心利禄,又可知也。""禄湛患失客"即"湛心利禄"之意。患失客,患得患失之人。

② 猯(tuān),野猪的一种。貉(hé),形似狐狸的一种动物。猯貉啖,典出《世说新语·品藻》:庾道季说:"廉颇、蔺相如虽然死去已千年,但他们的形象仍有勃勃生气;曹蜍、李志之辈虽然活在今天,但死气沉沉如同死人。如果人人都像曹蜍、李志这样,就可以结绳而治了,只是怕会被狐狸猯貉吃光。"文章猯貉啖,勋名过眼息,意味文章不会流传千载,功名如同过眼云烟。

③ 西方有至人,指佛祖。"至人"本是《庄子》对得道高人的称谓,是道家语。

> 滟滟池水中，列圣坐相觌。①
> 风声宣上法，鸟韵开迷魄。②
> 称名弹指到，百劫慈云侧。③
> 捐兹宇宙乐，从彼金仙迹。④

这首诗是说世俗功名不值得留恋，文章也不会传之久远，采药求仙亦是虚诞妄言，自己只愿去追寻佛教的境界。其中"称名弹指到，百劫慈云侧"一联正是从上述《法华经·观世音菩萨普门品》中来的。

容若一定不知将这部经书念诵了多少次，但妻子依旧不曾复生。病急乱投医，也许道家的仙药可以起死回生吧。读容若绝望中写就的一首《浣溪沙》，铁石心肠的人也会为之动容：

> 抛却无端恨转长。慈云稽首返生香。妙莲花说试推详。但是有情皆满愿，更从何处着思量。篆烟残烛并回肠。⑤

---

① 觌（dí），见。
② 上法，指佛法。
③ 慈云，佛教术语，佛家称佛的慈悲如大云覆盖世界，这里代指佛祖。
④ 捐兹宇宙乐，从彼金仙迹：意味彻底抛弃世俗之乐，追随佛祖的脚步。金仙，典出《后汉书·西域传》，东汉明帝夜梦金人，有大臣释梦说："西方有神，名曰佛，其形长丈六尺而黄金色。"于是明帝派人去天竺求取佛法，并在中国绘制佛像。史家一般以明帝夜梦金人为佛教东传之缘起。"仙"是道家语，佛教初传时，中国往往以道家的术语和观念阐释佛学。宋代皇帝崇道，《宋史·徽宗纪四》载："宣和元年春正月……诏：佛改号大觉金仙，余为仙人、大士。"
⑤ 但是有情皆满愿，更从何处着思量：化自王彦泓《和于氏诸子秋词》"但是有情皆满愿，妙莲花说不荒唐"。"有情皆满愿"语带双关，原意是一切众生都能如愿，引申义反而用了字面上的涵义，是说有情人只要许愿，总能如愿。有情，佛教术语，指一切众生，也译作众生。人类、诸天护法、恶鬼、畜生、阿修罗等有情识的生物都称有情，草木金石、山河大地等等则称无情。

171

词意是说：［上阕］不管多么渴望抛却烦恼，烦恼只是越斩越多。我只有在佛前拜倒，请求佛祖赐予我返生香，使我心爱的妻子死而复生。细细地研究《法华经》，经文里不是说不管你遭受着多大的烦恼，只要念诵观世音的名号，观世音菩萨就会到你身边帮你排忧解难吗？［下阕］经文里说，众生只要许愿，总能如愿。然而我如此虔诚地许愿，真就能如愿吗？香火燃尽，蜡烛也快熄灭，而我的九转回肠，何时才能得到纾解？

容若在词中向佛祖祈求，希望能将传说中的返生香赐给自己。返生香却是道教传说中的物件，说是聚窟洲有一座神鸟山，山上有返魂树，如果砍下这种树的树根和树心，在玉釜里煮成汁、煎成丸，就是所谓的惊精香，也叫返生香。埋在地下的死者一闻到它的香气就会复活，复活之后就从此永生。

三

七夕，牛郎与织女一年一会的夜晚，人间的有情人却再也不可以在卿卿我我、耳鬓厮磨中一同消磨，只有无尽的回忆和无尽的叹息。《鹊桥仙·七夕》所记的就是这样一个夜晚：

> 乞巧楼空，影娥池冷，佳节只供愁

叹。①丁宁休曝旧罗衣,忆素手、为予缝绽。　莲粉飘红,菱丝黳碧,仰见明星空烂。亲持钿合梦中来,信天上、人间非幻。

词意是说:[上阕]乞巧楼里已不见你的身影,池塘的水也生出寒意,七夕佳节没有欢娱,只有我满怀愁绪的叹息。叮嘱婢女不要把旧罗衣拿出来曝晒,因为我想起你生前亲手为我缝补过这件罗衣。[下阕]莲花香粉飘散,菱蔓深碧,仰望天空,只见繁星璀璨。梦里你亲自拿着首饰盒向我款款走来,让我相信天上的仙界并非幻境,你没有消失,而是生活在另一个世界里。

七夕最容易让人想到爱情,让人想到唐明皇、杨贵妃"七月七日长生殿,夜半无人私语时"的温存缱绻。但是,即便是帝王的爱情,在命运的拨弄下也显得那般无奈和乏力。容若由自己的七夕想到史书与唐诗里的七夕,再由史书与唐诗想到当下。他曾经写过那么多咏史的诗词,但此时此刻,他的《浣溪沙》吟咏唐明皇和杨贵妃的故事,再不是单纯的咏史,而是别添了一番刻骨凄凉的感同身受:

凤髻抛残秋草生。高梧湿月冷无声。当时七夕记深盟。　信得羽衣传钿合,

---

① 乞巧楼:孟元老《东京梦华录》载,每到七月初六、初七的晚上,豪贵之家多会在庭院中搭建彩楼,谓之乞巧楼。影娥池:《三辅黄图·未央宫》载,汉武帝开凿影娥池以赏月。

悔教罗袜葬倾城。人间空唱雨淋铃。①

词意是说：[上阕]当年杨玉环自缢的地方已生满了荒草，一轮冷月高挂梧桐树梢，照见这秋夜里的唐明皇，照见他默默地怀想七月七日长生殿里曾经的海誓山盟。[下阕]唐明皇相信那个临邛道士有在天界与人世之间传递消息的法力，能使自己与仙去的玉环再通音讯。多么后悔，当初在马嵬坡前没能守护她，最后好好安葬她都无法做到，终于草率了事。至今世间仍然传唱着唐明皇在马嵬坡事变之后谱写的《雨霖铃》，但那随风飘逝的红颜，再也无法复生。

此后的年月里，容若还将孤独地度过一个又一个的七夕，写下一篇又一篇的七夕之词，有些写于塞外的征途中，有些写于无眠的家园里。倘若人间可以取消这个节日，会不会给他那颗敏感的心减少一点点的刺激？

四

康熙十八年（1679），容若也不过二十五岁而已，却已经在忧伤复忧伤中不可救药地苍老下去。

---

① 信得羽衣传钿合：羽衣，代指道士。陈鸿《长恨歌传》载，唐明皇在和杨玉环的定情之夜曾送她金钗钿合。及至马嵬坡事件之后，一位来自蜀中的道士用方术寻访杨贵妃的魂魄。已在天界的杨贵妃取出当年定情的金钗钿合，分作两半，把其中一半委托道士交给唐明皇。悔教罗袜葬倾城：《太真外传》载，杨贵妃死去的那天，马嵬坡的一位老妇人拾到了一双罗袜，相传路过的人花费百钱可以玩赏一次，老妇人因此发家。

那一年的京城里发生了罕见的大地震，据当代学者推算，那一场地震的震级高达八级。当时有文人在笔记里记载了地震时的骇人景象："声从西北来，内外城官宦军民死不计其数，大臣重伤。通州三河尤甚，总河王光裕压死。是日黄沙冲空，德胜门内涌黄流，天坛旁裂出黑水，古北口山裂，大震之后，昼夜长动，先是正月至三月京师数黄雾雨土，夏各省告旱……"

还有各种记载不一而足，显然这异象简直有世界末日的感觉。还有诗人以诗记事："天昏黄沙走，地裂黑水迸。马争出马坊，象争出象房……"就连皇家象房里豢养的大象都纷纷冲到了街上，今天灾难大片的震撼场面也不外如是了。

古人有天人感应的理论，相信一切灾异都是上天对统治者发出的警告。这理论在汉朝盛极一时，汉武帝和董仲舒当时所谓"罢黜百家，独尊儒术"所尊的儒术，一多半都是打着儒家旗号的天人感应理论。自汉代之后，历代统治者和士大夫越来越不把这门神异的学问当回事了，但有鉴于愚夫蠢妇的粗浅认知，为了更好地治理国家，总还是有必要揣着明白装糊涂的。

所以通常在这种关头，帝王都会发下罪己诏，向天下万民检讨自己的错误。但民众由天灾带来的伤痛怨恨之情总需要找一个实实在在的替罪羊来宣泄，宰辅大臣每每不幸成为替罪羔羊的首选，剑拔弩张的权力斗争也每每在这种时候变得白热化。

已经荣升大学士之职、被康熙帝倚为心腹的纳兰明珠首当其冲,被朝臣严厉弹劾,要罢免他的职位以平息苍天的震怒。幸而康熙帝虽然年轻,却是一代铁腕雄主,兼之早已在西洋学术与科技里历练出来,哪会真的相信天人感应呢,明珠这才算满头冷汗地躲过一场灭顶之灾。

朝臣们一边忙着尔虞我诈,一边忙着抗灾赈民。这一场突如其来的大地震打乱了所有人的生活轨迹,压倒了一切的话题,对容若却似乎令人意外地毫无影响。

我们从容若的文集,从一切相关的史料里,寻不到半点关联容若与这场地震的线索,哪怕只是捕风捉影的线索。他依旧活在百无聊赖的心情里,他的世界已经经历过了一次末日,心情的断壁残垣依然触目惊心。

五

他只是越发爱抱怨了,抱怨侍卫工作的烦闷无聊。倘若他不曾接受这个职位,或者可以放弃这个职位,只在文学的世界里寄居,也许他的伤口会愈合得更快些吧。

但是,人在公门,身不由己。除了向朋友们发发牢骚,他还能怎样来排遣心绪呢?《踏莎行·寄见阳》是写给张纯修的,见得出容若对侍卫生涯厌烦到了何等地步:

倚柳题笺,当花侧帽。赏心应比驱驰好。错教双鬓受东风,看吹绿影成丝早。　金殿寒鸦,玉阶春草。就中冷暖和谁道。小楼明月镇长闲,人生何事缁尘老。

词意是说:〔上阕〕倚着柳树信笔题写诗笺,在花前将帽子歪戴,自由自在的嬉游总比受人驱遣要来得称心如意。在受人驱遣的日子里,青丝很快消磨成白发。〔下阕〕在金銮殿值夜,看皇宫的台阶上生出春草,这其中的辛酸甘苦又能向谁倾诉。不如在小楼中赏着明月闲度时光,人为什么非要把大好年华浪费在名利场上?

他也越发喜爱独处,一个人陷在回忆里继续未来。他分明意识到自己之所以这般愁苦其实都是用情太深的缘故,但那是自己的天性,又有什么办法可以改变呢?

为此他还专门镌刻有一方闲章,上面是"自伤情多"四字,满是苦笑的自嘲味道。从一首《浪淘沙》里,我们看到他最难挨过的是秋风秋雨里的无眠日子:

闷自剔残灯。暗雨空庭。潇潇已是不堪听。那更西风偏着意,做尽秋声。　城柝已三更。欲睡还醒。薄寒中夜掩银屏。曾染戒香消俗念,莫又多情。

词意是说：[上阕]心情烦闷，从即将燃尽的灯上拨起灯芯，使灯芯再多燃片刻。夜雨落在无人的庭院，淅淅沥沥的声音勾起人的愁绪，而西风偏偏吹起秋天的声音，让人愈发感伤。[下阕]城垣上传来打更的梆子声，已到三更时分。想要睡去，却总也睡不着。夜寒微微袭来，掩上屏风。自己分明已经决意向佛，可不要再陷入多情的纠结里去呵。

六

天颜咫尺，侍卫工作如临深渊，如履薄冰。康熙帝纵是一代英主，毕竟也有凡人的喜怒与无常。对于那些擅于察言观色的人，侍奉这样一位主人倒也算不得难事，但容若何曾学过察言观色的本领呢。

同僚的遭际又一次使他心寒了。徐元梦，既是容若的同学，也是容若的同年，儒学造诣不在容若之下，所以被康熙帝提拔，教授诸皇子读书。徐元梦，名字虽是一个汉人的名字，人却是标准的满人，舒穆禄氏，隶属满洲正白旗。这年秋天，康熙帝在瀛台考察诸皇子的箭术，徐元梦下场示范，却拉不开硬弓。这本也无可厚非，毕竟他专攻儒学，并非武术教习，但康熙帝极重八旗子弟的骑射训练，生怕他们汉化太深。见徐元梦荒疏了骑射，康熙帝严加斥责。徐元梦偏不识趣，要为自己辩解，结果应了"伴君如伴虎"的古训，康熙帝龙颜大怒，当场喝令杖责，同时命人籍没徐元梦家产，将其父母流放蛮荒。

当天晚上，康熙帝方才恢复了理智，派太医为徐元梦疗伤，第二天又让他官复原职，派使者追返了已经踏上流放之路的徐父、徐母。这也许可以当作一场闹剧来看，也许在其他侍卫的眼里算不得什么大事，却深深刺痛了容若的心。

若依照满洲旧俗，主人责打奴婢本来无可厚非，但是在汉人的儒家传统里，帝王当廷责打士大夫，这实在是莫大的折辱。在儒家传统里，有"刑不上大夫，礼不下庶人"的原则。一个人只要对常识怀有基本的坦诚，总该相信"劳心者治人，劳力者治于人"是一种世间常态，"君子喻于义，小人喻于利"同样是一种世间常态。在贵族社会里我们可以清晰观察到如下事实：君子（贵族阶层）更在意脸面，小人（庶民阶层）更在意利益。显然，这会使我们怀疑所谓同罪同罚是否真能起到"一视同仁"的意义。

如果对某一项罪行的罚则是：在大庭广众之下接受一番严厉的申斥，那么小人不会觉得有甚所谓，君子才真正受到这一罚则的伤害。这样的同罪同罚，简直就是在鼓励小人犯罪。如果将罚则换成鞭笞，那么小人会因为肉体上的痛楚而接受教训，君子则在深切感受到肉体上的痛楚之外，还会额外地受到斯文扫地、颜面无存的刺痛。统治阶层更加关注的是刑罚的社会功效，那么对君子与小人一视同仁的体罚无疑会使小人轻视君子，觉得君子也无非是和自己一样的人，于是在他们接受君子之治理的时候也就会因为失去敬畏而不那么心甘情愿了。

儒家提倡的礼制社会要求"刑不上大夫，礼不下庶人"。礼，很多时候都意味着繁琐的仪节与固化的程式，对庶民阶层而言实为一种不堪承受的负担。所以"礼不下庶人"这一原则与其说意味着轻蔑，不如说意味着体贴。士大夫阶层不会以礼法规范来苛求那些既无从接受完善教育又缺乏足够财力的庶民百姓；当遇到大是大非的义利抉择时，舍生取义是唯独要求士大夫阶层的行为规范，至于庶民百姓，他们完全可以心安理得地苟且偷生。

简而言之，士可杀，不可辱，以容若这样的人，可以坦然接受死亡，却无论如何也不能忍受在大庭广众之下因为一点小错而被拖倒在地用棍棒抽打。他越发厌恶自己的侍卫之身，却无力改变，正如他越发怀念亡妻而无力起死回生一样。

拾 莫教星替

一

如果说纳兰容若和孙悟空在资历上有什么共同点的话,那就是他们都担任过皇家养马官的职务。康熙十九年(1680),二十六的纳兰容若竟然负担起经营内厩马匹的任务,既要负责拣选皇帝出巡用马,还要负责从昌平至古北口一带的牧场养殖,这简直令人怀疑康熙帝在故意刁难他似的。

弼马温的岗位只适合齐天大圣的气质,放在一位翩翩浊世佳公子身上实在太有违和感了,会让一切深爱纳兰词的人深深怜惜。

出乎意料的是,容若督导之下的马政竟然成果斐然,原委其实也不难猜度:对于他这样的人来说,和马打交道总要比伴君如伴虎的侍卫生活轻松许多,也有更多的私人时间用来读书与写作了。

也许新的生活可以由这个契机开始吧?父亲明珠怀着这样的想法,认真地为儿子选择续弦的对象。古代社会就是这样,婚姻不是小夫妻两个人的事情,向下要负起多子多孙、香火鼎盛的责任,向上要负起奉养长辈的责任,同时还有家族的太多事情需要有人处理。

我们不妨想象一下《红楼梦》的情境,设若王熙凤早早辞世,就必须有一个同样撑得起门面的少奶奶来替代她才行,否则一座贾府该乱成什么样子呢。

二

续弦的事情不断被人提起,但容若只想和马相处。弼马温这等工作竟然成了他逃避现实的美好路径,他竟然会专注其中,这真是令所有人都始料未及的。

只是到了卢氏的祭日,容若依然会显出魂不守舍的样子。《金缕曲·亡妇忌日有感》这样写道:

此恨何时已。滴空阶、寒更雨歇,葬花天气。三载悠悠魂梦杳,是梦久应醒矣。料也觉、人间无味。不及夜台尘土隔,冷清清、一片埋愁地。钗钿约,竟抛弃。　　重泉若有双鱼寄。好知他、年来苦乐,与谁相倚。我自中宵成转侧,忍听湘弦重理。待结个、他生知己。还怕两人俱薄命,再缘悭、剩月零风里。清泪尽,纸灰起。

词意是说:[上阕]这愁绪什么时候才能到尽头?滴落在空空台阶上的细雨终于止住,夜晚如此清冷,正是适宜葬花的天气。她离我而去至今已三年,纵然这是一场大梦,也早就应该醒来了。她一定是觉得人间没意思吧,不如泥土深处的黄泉,虽冷冷清清,但它埋葬了所有的愁怨。你倒是去了那清净之地，而我们生生世世不离不弃的约定，就这样被你抛弃。[下阕]如果可以寄书信到黄泉该多好，好让我知道你这些年过得怎样，是谁在身边照顾你。夜深了，我仍然辗转反侧，无法入睡，不忍听他们的续弦之议。让我们来生再结为知己好吗，就怕真的到了来生，我们两个仍然薄命，无法长相厮守。我的泪水已经流尽，纸钱烧成灰飘忽不定。

"忍听湘弦重理"这一句透露了续弦的消息：湘弦，楚辞《远游》有"使湘灵鼓瑟兮，命海若舞冯夷"之句，此后诗词多以湘弦代指琴弦或弹琴。另一方面，妻子去世称为断弦，续娶称为续弦，"湘弦重理"暗示着当时有让容若续弦的提议。但这样的提议，在当时的社会风俗里虽然是责无旁贷的事，但容若又怎么忍心去听呢？

三

续弦，终归还是要续的。大约就是在这一年里，家里为容若安排好了新的一门亲事。

续弦官氏，看姓氏似乎是汉人女子，其实"官"是满洲八大姓之一官尔佳（又称瓜尔佳）的音译简写。官氏的父亲颇尔喷（又译作朴尔普）时任领侍卫内大臣，是正一品的大员，更是容若的顶头上司。

只有凤凰男才会无比奢望这样的婚姻，但容若唯一在意的就是感情，所以这场婚姻对于婚姻的双方而言都不公平。官氏也许骄纵成性，也许知书达理，也许飞扬跋扈，也许品行端庄，这一切我们全不知情，但我们至少可以推测出：她和卢氏一定是截然不同的类型，所以无论她怎样努力或不努力，都无法得到丈夫的半点欢心。而有了这样的一桩婚姻，容若反而在侍卫生涯中越发觉得难做了。是的，究竟该如何应付岳父以及妻家的各种亲戚呢，这些人不是自己的上司，就是自己的同僚。

容若没有任何一首词是写给官氏的。我们之所以对官氏几乎一无所知，就是这个缘故。她也是一个可怜的女子，虽然嫁给了一个风华绝代的夫君，彼此却都不能欣赏。

世间很多悲剧性的婚姻都是这样造成的：以太多的外部指标来作权衡，却发现在一切指标满足之后，两个人却永远无法被一种叫做爱的东西吸引到一起，永远鸡同鸭讲，永远同床异梦。

《减字木兰花·新月》说的也是不愿续弦的心情：

> 晚妆欲罢。更把纤眉临镜画。准待分明。和雨和烟两不胜。　莫教星替。守取团圆终必遂。此夜红楼。天上人间一样愁。

词意是说：[上阕] 这一弯新月，仿佛是女子刚刚化完晚妆，再对镜描画纤眉。我想待到雨散烟消,好好欣赏清澈的新月,而新月却在烟雨迷蒙之中一直让人看不分明。[下阕]别让星星来代替月亮,我也无心让续弦来取代你的地位,因为我坚信,我们一定还会团聚。今夜守在红楼,魂归天上的你和滞留人世的我,在同一片月光里分享同一种忧愁。

词中的"莫教星替"是一个双关语,字面上扣合着词题"新月",暗中却关联着两则爱情故事:李商隐《杂歌谣辞·李夫人歌》曾有写道:"一带不结心,两股方安髻。惭愧白茅人,月没教星替。"诗题之李夫人是汉武帝的宠妃,李夫人死后,武帝使方士李少翁为之招魂。李商隐之所以写这首诗,是因为妻子王氏亡故,幕府府主柳仲郢想把营伎张懿仙嫁给他。李商隐难忘旧情,又不好直言拒绝柳仲郢的好意,便作《李夫人歌》婉言谢绝。诗中"月没"比喻已亡之王氏,"星替"比喻欲嫁之张懿仙。"一带不结心,两股方安髻",是说男女双方需要情投意合才可以婚配,自己与张懿仙却没有这样的感情。

容若用"星替"之典,显然难忘发妻卢氏,更觉得官氏之于自己,正如张懿仙之于李商隐。

四

续弦的花烛与锣鼓如火如荼,但新郎的心思依然沉浸在回忆里难以自拔。

这一年的夏天，容若的好友顾贞观、严绳孙、秦松龄三人皆在京城，在结伴游湖的途中偶然发现了一株并蒂莲。文人雅好，对此情此景总要写诗填词，词牌就用《一丛花》，唱和往还。

这样的词怎能不触动容若的愁绪呢？他也加入了好友们的赓和里去，一首《一丛花·咏并蒂莲》却特意避开了情话，将这对并蒂莲当作一对姐妹来写：

阑珊玉佩罢霓裳。相对绾红妆。藕丝风送凌波去，又低头、软语商量。一种情深，十分心苦，脉脉背斜阳。　　色香空尽转生香。明月小银塘。桃根桃叶终相守，伴殷勤、双宿鸳鸯。①菰米漂残，沈云乍黑，同梦寄潇湘。②

词意是说：[上阕]那并蒂莲宛如一对戴着玉佩的美女刚刚跳完霓裳羽衣舞，面面相对，各自梳妆。一阵清风凌波吹过，这一对美女又低下头来，彼此柔声商量着什么。她们有着相同的深情与忧伤，背对斜阳，亭亭玉立。[下阕]当娇艳的色泽褪去，香气却更加馥郁。在银色月光的照耀下，池塘里这一对并蒂莲宛如桃根、桃叶姐妹终生相守，

---

① 桃根桃叶终相守：《六朝事迹类编》载，晋代王献之有爱妾名桃叶，其妹名桃根。
② 潇湘：相传娥皇、女英姊妹同嫁大舜，舜帝南巡，死在苍梧之野，娥皇、女英南下寻夫，在悲恸之下投湘水而死，化为湘水女神，是为湘灵。这里以舜之二妃代指并蒂莲。

陪伴着双栖双宿的鸳鸯。当残余的菰米漂在水中时，当雨云刚刚转浓时，她们把同样的爱，寄托在远方的爱人身上。

五

续弦之后，容若私生活的重心渐渐移在了诗朋酒友们的身上，这也是可想而知的事情。

偏巧在这一段时间里，师友们似乎约好了似的一起时来运转。先是徐乾学官复原职，返回京城，为容若编修的《通志堂经解》撰写序言；顾贞观也因为容若特意为他建造了一处"茅屋"而大受感动，特地返回了京城；画家禹之鼎进京，如今传世的唯一一幅容若的肖像便出自他的手笔；朱彝尊、严绳孙、秦松龄先后担任乡试的正副主考官；姜宸英再一次进京寻找仕途的机缘；最要紧的是，当年受顾贞观所托，全力以赴去营救江南才子吴兆骞的事情终于尘埃落定，吴兆骞遇赦南还，聚首之日定会是一场盛事。

遗憾的是，侍卫生涯常会突然剥夺聚会的乐趣。

马政终于告一段落，容若继续起皇家侍卫的扈从职责，虽然工作做得依然谨小慎微，唯恐有半步行差踏错，但心态已经彻底转向了隐逸。某次好友相聚，共赏一幅《岳阳楼图》，容若即席写了一首题画之词《水调歌头》，亲手抄写在扇面上赠给友

人,落款"松花江渔成德",这是一个标志着渔樵隐逸的名号。词也写得大有野趣:

> 落日与湖水,终古岳阳城。登临半是迁客,历历数题名。欲问遗踪何处,但见微波木叶,几簇打鱼罾。多少别离恨,哀雁下前汀。　　忽宜雨,旋宜月,更宜晴。人间无数金碧,未许着空明。①淡墨生绡谱就,待俏横拖一笔,带出九嶷青。仿佛潇湘夜,鼓瑟旧精灵。

词意是说:〔上阕〕落日下,湖水边,岳阳城仿佛终古不变。登临岳阳楼的多是被贬的官员,他们题诗留名在岳阳楼的墙壁上,历历可数。但这些人如今都去向何方了呢?只看到落叶飘坠在洞庭微波上,还有几处支起来的渔网。多少离愁别恨,尽数寄托在那飞下汀洲的大雁的哀鸣声里。〔下阕〕这里无论是雨天、晴天或是月下,风景皆好。人间无数富丽堂皇的山水画,但似这般空明的笔法实在罕见。淡墨画在生绡上,横拖一笔便点染出九嶷山的青翠,而画中的气氛,就仿佛在夜色笼罩的湘江上轻听湘灵鼓瑟。

词中的野趣恰恰与实际生活中缺乏野趣形成鲜明的反差。康熙帝开始了盛大的出巡,容若作为侍

---

① 金碧:即金碧山水。唐代宗室李思训曾官左武卫大将军,称大李将军,绘画擅用青绿金碧重色,气象富丽,世称金碧山水;其子李昭道,称小李将军,也擅绘青绿山水。

卫,不得不小心翼翼地随侍左右,不敢有半点闪失。一路上的行旅、住宿、祭祀、接待、安保,无穷无尽的繁冗的事项,纷纷落在一干侍卫的头上。倘若我们能够理解李白、杜甫、李商隐、杜牧等等伟大的诗人无人可以胜任这样的工作,就能够体会容若应当是何等的为难。

所以在一路的扈从中,负能量每每通过词来宣泄。譬如歇脚在遵化孝陵(清顺治帝陵墓)汉儿村的时候,容若有一首《百字令·宿汉儿村》:

> 无情野火,趁西风烧遍、天涯芳草。榆塞重来冰雪里,冷入鬓丝吹老。牧马长嘶,征笳乱动,并入愁怀抱。定知今夕,庾郎瘦损多少。[1] 便是脑满肠肥,尚难消受,此荒烟落照。何况文园憔悴后,非复酒垆风调。回乐峰寒,受降城远,梦向家山绕。[2]茫茫百感,凭高惟有清啸。

词意是说:[上阕]无情的野火趁着秋风烧遍了一望无际的草原,我在冰天雪地的时节又一次来到北方边塞,任冷风吹白了鬓发。牧马嘶鸣,胡笳杂乱响起,种种边地之声一并涌入我的愁怀,我能

---

[1] 庾郎:即南朝梁代的诗人庾信。庾信出使西魏,未及回国而梁为西魏所灭,于是留在西魏,后来又出仕北周,常常愁思故国,暮年时作《愁赋》、《伤心赋》等以抒发愁怀。本句是诗人以庾信自比。
[2] 回乐峰、受降城,泛指边塞。回乐峰:原名回乐烽,唐代回乐县烽火台,在今宁夏灵武境内。受降城:唐代北御突厥的要塞,分为三段,在今内蒙古黄河沿岸。唐代李益《夜上受降城闻笛》:"回乐峰前沙似雪,受降城外月如霜。"

确切地知道今夜我又将消瘦多少。[下阕]纵然是脑满肠肥的人也难以消受这边地的荒烟落照，更何况书生憔悴，早已不复旧时的活力与风流。在苦寒之中，在遥远边城，做梦总是会回到家园。登高时面对茫茫天地，不由得百感交集，将所有心绪化作一声清啸。

词中"何况文园憔悴后，非复酒垆风调"是最耐人寻味的句子。所谓文园，司马相如曾任孝文园令，后人便以文园称之。"文园多病"、"文园独卧"这些意象便常被用来形容文士落魄、病里闲居。酒垆风调，指司马相如与卓文君落魄时候当垆卖酒的生活，虽然落魄，倒也风情万种。倘若只能在不自由的富贵与自由的贫寒中选择，容若定会选择后者。当然，这也是因为他这一生从不曾尝过贫穷的滋味。

清晨启程，辞别汉儿村，容若的牢骚依然没有发尽，于是有《清平乐·发汉儿村题壁》：

> 参横月落。客绪从谁托。望里家山云漠漠。似有红楼一角。　　不如意事年年。消磨绝塞风烟。输与五陵公子，此时梦绕花前。[①]

[①] 五陵公子：谓京城里的豪贵子弟。五陵，汉、唐都曾在首都附近安置帝王陵墓，汉五陵为高祖陵、惠帝陵、景帝陵、武帝陵、昭帝陵，唐五陵为高祖陵、太宗陵、高宗陵、中宗陵、睿宗陵。五陵周边尽是豪贵之家，五陵公子便成为豪贵子弟的代称。

词意是说：［上阕］参宿横斜，明月西沉，夜色将尽，远行的愁绪只有自己默默消受。向家所在的方向望去，一片烟云笼罩，隐约间似乎能看到红楼的一角。［下阕］像这样不如意的事情年年都有，而此番是辞家远赴边关。哪比得京城里那些肆意逍遥的豪贵子弟，他们此时定还在花前月下没有醒来。

　　容若并非真的羡慕那些五陵公子，只是在绝塞风烟的劳苦里无比怀念那个曾经有红袖添香夜读书的美好家园。

拾壹 已是十年踪迹十年心

一

康熙二十一年（1682），正月十五上元之夜，一处叫做花间草堂的房舍见证着一件大事的发生。

花间草堂本是容若特意为顾贞观修建的房舍，名字取意于五代《花间集》与宋人的《草堂诗余》，这是容若与顾贞观最为欣赏的古代词选。这一夜里，容若与顾贞观、曹寅、朱彝尊、陈维崧、严绳孙、姜宸英等等当世第一流的才子们会集于花间草堂，饮宴赋诗，为终于遇赦归来的吴兆骞接风洗尘。

上元之夜是欣赏花灯的时节，这些文士们在花间草堂里也布置了花灯，灯上绘有若干幅古代故事，正好方便大家指图填词，较量文采。容若分到的是《文姬归汉图》，图画中的情景与情绪，岂不与当下吴兆骞的还乡很有些异曲同工之处么？容若为题《水龙吟》，句句明暗双关，旧典与实事交织，亦真亦幻，成就了绝高的词境：

> 须知名士倾城，一般易到伤心处。柯亭响绝，四弦才断，恶风吹去。万里他乡，非生非死，此身良苦。对黄沙白草，呜呜卷叶，平生恨、从头谱。　　应是瑶台伴侣。只多了、毡裘夫妇。严寒耐簟，几行乡泪，应声如雨。尺幅重披，玉颜千

载,依然无主。怪人间厚福,天公尽付,痴儿騃女。

这首词很难做直接的白话译读,勉强概述大意:[上阕]名士才子与倾城女子常有同样的被嫉妒、陷害的命运。蔡邕已死,人间再也听不到奇绝的笛声;蔡文姬虽然继承了父亲的才学,却无奈突遭灾祸,被掳到万里之外的异乡,忍受非生非死的磨难。望着黄沙白草,听寒风吹卷树叶,将平生幽恨从头诉说。[下阕]她本该在中原佳地缔结良缘,却被迫嫁与匈奴人,过起了艰辛的游牧生活。每每在严寒时节听到边地的乐曲,还是忍不住流下思乡的泪水。如今我们披览这幅《文姬归汉图》,感叹她于千载之下依然没有找到归宿。苍天如此不公,让名士与佳人历尽沉沦坎坷,偏偏是愚人们享尽人间厚福。

整首词以蔡文姬的旧典比拟吴兆骞,以吴兆骞的实事比拟蔡文姬,一切若合符节,词艺已臻化境。单纯从词的艺术造诣而言,这首在今天并不甚流传的《水龙吟》无论如何也算是全部纳兰词里的顶尖之作,唯一的遗憾就是曲高和寡了些。

二

容若有过"觇梭龙"的经历,熟悉大清帝国极北之地的风貌,故此对吴兆骞的同情添了几分感同身受的味道。救人须救彻,吴兆骞既然还没有落脚的地方,那正好请他留下,弟弟揆叙正需要这样一位家庭教师呢。

倘若吴兆骞还是年轻时候的吴兆骞,定会被这份邀约气到肝肠俱裂不可。那时候的他眼高于顶、目空一切,以天下第一才子自居,怎屑于做一名小小的西席,到头来只为他人做嫁呢?但宁古塔的经历毕竟将他打磨得成熟了,正是这份成熟使他清楚自己当下的处境,清楚容若的提议非但没有半点看不起自己的意思,反而充满着尊敬、爱护与善意。那一场花间草堂的填词盛事,更使他对容若的才华心悦诚服。当时人们以纳兰容若、顾贞观、吴兆骞为天下三大才子,而面对容若的词,吴兆骞有生以来第一次生出自愧弗如的感觉。

在年复一年的流放生涯里,吴兆骞的诗词写尽了东北的酷寒与蛮荒,结成一部《秋笳集》,传唱天下。当时的文人读这部书,大约就像今天的文艺青年读西藏的游记。容若"觇梭龙",是另一种形式的北上,沿途也留下许多诗词,虽不曾单独结集,却仿佛刻意在与《秋笳集》一争长短似的。

容若北行的诗词里,颇有几首令吴兆骞激赏,《采桑子·塞上咏雪花》即为其中之一:

> 非关癖爱轻模样,冷处偏佳。别有根芽。不是人间富贵花。　谢娘别后谁能惜,飘泊天涯。寒月悲笳。万里西风瀚

海沙。

词意是说：[上阕]不是我偏爱雪花那轻盈的模样，谁教它在越寒冷的地方开得越美呢。雪花不同于其他任何花卉，它属于天上，不属于人间的富贵之家。[下阕]古人当中，只有才女谢道韫是雪花的知己，自她去世之后，雪花便只能在天涯漂泊，漂泊在冷清的月色里，在悲切的胡笳声里，在凛冽的西风里，在无垠的沙漠里。

塞北的雪花仿佛关合着容若的身世与性情：雪花虽然有"花"的称呼，看上去冰清玉洁，令人无限艳羡，其实"别有根芽，不是人间富贵花"。旁人眼中所艳羡的富贵，于他只是偶然得之的可有可无之物，他所关心的只是某一个女子的怜惜，但她终归不在，"谢娘别后谁能惜，飘泊天涯"，再无第二个女子懂得他，欣赏他，他纵如塞上雪花一般漂泊天涯，又有谁在为他心头牵挂？

塞外奇崛的风物是《秋笳集》与纳兰词所共有的，而这样的巧喻与钟情，却只存在于纳兰词的疆域。再如那首《满江红》：

代北燕南，应不隔、月明千里。谁相念、胭脂山下，悲哉秋气。小立乍惊清露湿，孤眠最惜浓香腻。况夜乌、啼绝四更头，边声起。　　销不尽，悲歌意。匀不尽，相思泪。想故园今夜，玉阑谁倚。青海不来如意梦,红笺暂写违心字。道别来、浑是不关心,东堂挂。

词意是说:[上阕]离开京城到北方边塞,眼见已走了将近千里。你可知道这胭脂山下,秋天的气息何等悲凉。小立片刻,忽然被冰凉的露水惊到,独眠时候最想念家里熏炉的浓郁香气。而今在四更天倾听乌鸦啼叫,混杂了各种边塞的声音,越发想家。[下阕]无法消散的,是歌中的悲伤;不能流尽的,是相思的泪水。遥想故乡今夜,你是否也在倚着阑干思念我?我远在青海湖边,连好梦都做不来,给你的信里只能妄说自己一切都好。你可知这番远别之后,我越发眷恋你,功名利禄如今已经全不挂心了。

彼此相爱的人如同挂在一根弹簧的两端,分开得越远就越难迈步,回向的牵引力越发难以抗拒,以至于甘愿抛弃一切,不在意一切,不管不顾地踏上归程。容若虽然永失所爱,但与妻子曾经共同度过幸福时光的地方仍然会使他失魂落魄,使他迫不及待地想要从遥远的地方归来,途中不断想象着彼此仍在书信往还,有写不尽的喁喁情话。没人再有他这样的性情,所以没人能够写出同样的词来。

三

容若的词也可以写得豪迈,这倒真该归功于

"觇梭龙"与扈从北上的经历。

康熙二十一年（1682年），"三藩之乱"终告平定，满洲贵族直到这一刻才算真正坐稳了江山。于是康熙帝离开京师，远赴永陵、福陵、昭陵告祭、报功，容若以侍卫身份随行，在出山海关的时候，写下了被王国维《人间词话》誉为"千古壮观"的《长相思》：

山一程。水一程。身向榆关那畔行。夜深千帐灯。　风一更。雪一更。聒碎乡心梦不成。故园无此声。

词意是说：[上阕]走过一程山路，又走过一程水路，向着山海关前进。晚间扎营，在夜色最深处，千万个营帐闪烁着千万盏灯。[下阕]风声不断，雪花不住，扰得思乡之人无法入眠。在我可爱的家乡，没有这样凛冽的声音。

"山一程。水一程。身向榆关那畔行"，榆关是山海关的古名，帝王仪仗浩浩荡荡行往山海关，晚上便扎营歇宿在千山万水之间。放眼望去，"夜深千帐灯"蔚为壮观。

"风一更。雪一更"，帐篷外风雪大作，让人睡不安稳。但之所以睡不安稳，并非因为风雪的声音本身，而是因为这声音尤其令人生出思乡的念头。"聒碎乡心梦不成。故园无此声"，这种山野中特有的风雪声是在家里的时候从未听到过的。

吊诡的是，追溯血脉的话，纳兰容若是蒙古裔的八旗子弟，出山海关越是北行，反而越接近他的"故园"，那里有更狂的风，更厚的雪。但他一直生长在北京，自幼过惯了大都会里锦衣玉食的生活，虽然也遵循八旗传统练就了一身好武艺，却早已经把白山黑水的粗犷换作了唐诗宋词的温柔。也正因为这样，"夜深千帐灯"在他乍见之下才是一个如此惊人的画面。倘若在那些入关从龙的前辈武士看来，这不就是家常便饭的每日生活么。距离产生美，容若已经与满洲八旗的传统生活产生太大的距离了。

还有一首同样有名的《如梦令》：

> 万帐穹庐人醉。星影摇摇欲坠。归梦隔狼河，又被河声搅碎。还睡。还睡。解道醒来无味。

词意是说：千万座行军毡帐里，众人皆醉，满天星斗摇摇欲坠。归家的路被白狼河水阻隔，河水流淌之声又将归梦搅碎。索性睡吧，醒来实在百无聊赖，不是滋味。

《长相思》和《如梦令》素来都是抒写小小闲愁、小小情趣的小令，经容若写出，完全别开生面，将百转柔肠藏进了波澜壮阔中去。

"万帐穹庐人醉。星影摇摇欲坠"，这是夜晚露营后看到的景象，今天只有在一些高原地区我们才能看到繁星密布，仿佛就挂在头顶上、树梢上，伸

199

手可及。这样的星空只要我们见过一次,就会知道"星影摇摇欲坠"的描写半点都不夸张,还会知道星空带给人的美感不仅仅是柔美的,也可以壮美得令人惊诧。

高士奇《东巡日录》记载,康熙二十一年(1682)二月二十七日,帝王仪仗暮渡大凌河,驻跸东岸,四月二十五日驻跸大凌河西。大凌河即白狼河,这便是"归梦隔狼河,又被河声搅碎"的背景。离家越远,挂怀越深,"万帐穹庐人醉。星影摇摇欲坠"虽然在我们看来如此美丽,却激不起容若半点兴致。

四

康熙二十二年(1683),容若继续颠簸在扈从的行程里,职位不知从什么时候起已经从三等侍卫荣升为二等侍卫,这于容若而言究竟不是什么可喜的事情。

这一年的七月,施琅平定台湾,眼见得大清帝国的统治终于稳如磐石了。但容若于这等国家大事不甚关心,闲暇时间里常常和吴兆骞一起探讨《昭明文选》。

《昭明文选》是梁太子萧统主持编订的一部大型文选,纯粹以文学趣味为旨归,毫不考虑"为文须有补于世"之类的大道理,这在全部历史上都堪称一件难能可贵的事情。容若便也沉浸在纯粹的文学趣味里,至于天下国家的兴亡成败,朝廷群臣的孰是孰非,他一概不闻不问。

有时闷在家里,又陷在止不住的思念和止不住的忧伤里。不经意间翻出卢氏曾经用过的首饰,那是怎样一种恍如隔世的感觉。《于中好·十月初四夜风雨,其明日是亡妇生辰》如此写道:

尘满疏帘素带飘。真成暗度可怜宵。几回偷拭青衫泪,忽傍犀奁见翠翘。　惟有恨,转无聊。五更依旧落花朝。衰杨叶尽丝难尽,冷雨凄风打画桥。①

词意是说:[上阕]窗帘上落满尘土,素带飘飞,我在凄凉的心境里度过这个凄凉的夜晚。好几次偷偷擦拭泪水,忽然又看见梳妆盒旁还散落着你曾经戴过的首饰。[下阕]心怀幽怨,对一切都兴味索然。天已五更,这又是一个风雨摧残落花的早晨,小桥笼罩在一派凄风苦雨里。岸边颓败的杨柳已落尽树叶,只余下柳丝飘荡,我对你的思念也像这柳丝一般绵绵不绝。

另有一首《虞美人》,写尽伤心人特殊的时间感:

银床淅沥青梧老。屧粉秋蛩扫。②采香

---

① 衰杨叶尽丝难尽:杨,即杨柳。丝难尽:柳叶落尽之后柳丝仍在,谐音"思难尽"。
② 银床,《晋书》载淮南王于后园凿井,打水的瓶子为金质,井栏为银质。银床即井栏。

行处麽连钱。拾得翠翘何恨不能言。　回廊一寸相思地。落月成孤倚。背灯和月就花阴。已是十年踪迹十年心。

词意是说：［上阕］淅淅沥沥的雨打在井栏上，梧桐树在秋雨中老去，不知这里是否还残留着她鞋子里的香粉，只听到蟋蟀在不停地鸣唱。连钱草长满她曾经采花的小径，我拾起她当年遗失在此的首饰，心头升起难以言表的幽怨。［下阕］那一段回廊曾是我们流连之地，如今我只能在这里徒劳地思念你。月亮就要落下，我还是一个人倚靠在这里，背着灯光，面朝月色，在花阴里暗自神伤：不过是转眼之间，十年已成过往。

思念的日子格外漫长难挨，"已是十年踪迹十年心"并非客观的时光流淌，而是主观上的时光，心理中的时光。当初为了迎娶卢氏，容若特意修建了一处鸳鸯社，有曲径回廊环绕，最适合情侣在一起携手漫步。无奈幸福太短促，鸳鸯社的曲径回廊便一再成为他睹物思人的地方，成为纳兰词里最经常出现的地点。

五

回廊附近的一切风物都会惹动他的情绪，而他的词，即便笔锋一开始只是单纯地咏物，并不想勾起什么怀念，最后也会不知不觉地落到回廊上，落到辗转反侧却无望的思念上。如那首《雨霖铃·种柳》：

> 横塘如练。日迟帘幕，烟丝斜卷。却从何处移得，章台仿佛，乍舒娇眼。恰带一痕残照，锁黄昏庭院。断肠处、又惹相思，碧雾濛濛度双燕。　回阑恰就轻阴转。背风花、不解春深浅。托根幸自天上，曾试把、霓裳舞遍。①百尺垂垂，早是酒醒，莺语如翦。只休隔、梦里红楼，望个人儿见。

词意是说：［上阕］池塘水面如丝绸般光洁，白日迟迟，照进帘幕，看帘外柳丝被风斜斜卷起。这柳树仿佛是著名的章台柳，不知从何处移栽而来，那柔媚的姿态如女子刚刚睁开惺忪睡眼一般。黄昏时分，庭院紧锁，柳枝上捎带几分余晖。柳条在风中飞舞的模样，总会撩动相思，让人伤感。看那燕子成双成对地打柳枝中飞过，好似穿过了一片濛濛绿雾。［下阕］回廊转弯处恰好背阴，那里的花因为受不到暖风吹拂，故而不知道春天的变化，但柳丝会随风轻飏过去，告知它们春的消息。柳树据说来自天上的柳宿，曾经将一整套霓裳羽衣舞舞

---

① 托根幸自天上：二十八宿有柳宿，得名于柳姓氏族。柳、刘、六同音，均为鸟夷远祖皋陶的后裔。《史记·天官书》说"柳主草木"，这虽是望文生义地从柳为柳树这一义项上推演而来的，但后世诗人便由此而以柳宿为柳树之发源。

遍。早晨醒来，宿醉已消，听黄莺在枝头歌唱。这长长的柳丝啊，只望不要阻隔我的目光，让我可以继续眺望梦里红楼中的那个女子。

在容若眼里，那婀娜的柳丝时而似是亡妻的姿容，时而又变成阻隔自己追梦亡妻的障碍。因为爱太浓，因为担忧太多，人越发变得患得患失起来。

眼看着容若这许多年来也不曾从丧妻的伤痛中恢复过来，顾贞观不禁动了一个念头：江南歌女沈宛无论容貌、性情多与卢氏相似，而且能诗擅词，岂不正可以做容若的红颜知己么？

于是顾贞观重返江南，决心为好友做成这一件事情，殊不料当他成功带着沈宛北上京师的时候，容若偏偏扈驾南巡，正在江南耽搁。

那是康熙二十三年（1684）的事情，容若刚刚到了而立之年。

容若的好友大多是江南人士，江南也是汉文化硕果仅存的重镇，容若此前的行迹却偏偏只有北上，这一次才算真正亲身领略到江南风物了。

拾贰 江南四月天

一

任何一位帝王都有检阅自己宏大版图的冲动，但这种冲动往往并不能够化为行动。

皇帝总要坐镇中央，一旦出巡，全部政府班底都要调整工作流程，倘若皇族里出现野心家，或者朝臣中有谁萌生不臣之心，都会趁这种时机兴风作浪。一般只有天下太平、皇权稳定的时候，皇帝才可以放纵自己享受一下出巡的风光。

此时的大清帝国，三藩之乱已定，台湾也已经正式纳入版图，朝廷内部再没有鳌拜那样僭越的臣子，年轻的康熙帝终于可以实现出巡江南的心愿了。唯一的小小担心，只是明珠的气焰最近太大了些，有点擅权，渐渐还形成了一股势力。但他翻不了天，康熙帝已经巧妙地种下了权力制衡的种子：善于揣摩圣意的徐乾学已经公然站在了明珠的对立面上，明珠难道还不懂得月满则亏、水满则溢的道理么？

在这一场微妙的权力运作中，纳兰容若处在一个极尴尬的位置：一边是自己的父亲，一边是自己的恩师，天威难测的皇帝又是自己朝夕侍卫的对象。幸而皇帝还不曾亲口向自己问起父亲的事情，却在一次闲谈中不知是有意还是无意，和自己探讨了几句《左传》的义理，那是关于楚令尹子南的故事。

熟读经史的纳兰容若自然明白其中的分寸。儒家经典《左传》记载楚令尹子南的故事说：楚令尹子南擅政专权，国人不满，楚康王因此而动了杀念。子南的儿子弃疾却是一个谨慎守礼的人，做楚康王身边的侍御，颇受宠爱。楚康王每次见到弃疾都会流泪，弃疾请问缘由，康王说道："令尹为恶，这你是知道的，国家将要讨伐他，而你能不能继续留下来呢？"

弃疾应该怎么办呢，是听任楚康王杀掉自己的父亲，自己继续在楚国为臣，继续享受康王的宠爱；还是静待父亲被国法所诛，然后自己弃国而走；又或者赶紧把消息透露给父亲，让他早做提防？

对于弃疾来说，无论哪个选择，不但都要付出高昂的代价，也都无法在道义上做到无可指摘。进退维谷之下，弃疾这样回答楚康王道："如果父亲遭到诛戮，儿子留下不走，君王还怎么能加以任用呢？而泄露君王的命令只会加重罪责，臣也不能这样做。"楚康王于是就在朝堂上杀了令尹子南，曝尸示众。

曝尸是颇具侮辱性的，对于重尊严甚于性命的贵族来说，这实在比死刑更加令人难以忍受。子南的家臣便请弃疾发话，希望能将尸体窃回安葬。弃疾明确拒绝了这项提议，坚持要依礼而行。依礼，曝尸不过三日，于是在第三天上，弃疾向楚康王请求收葬父亲的尸体并获得了康王的准许。然而安葬完毕，弃疾又面临新的难题。家臣问道："要不要出逃国外?"弃疾答道:"父亲被杀,我是帮凶,就算出逃,又能去哪里呢?"家臣又问:"那么继续留在楚国为臣吗?"弃疾答道:"抛弃父亲而侍奉杀父仇人,我做不到。"

其实从"现实"上讲,弃疾并非没有选择。如果出逃国外,康王当然不会阻拦;而如果留在国内,康王依然会信任有加,很可能还会对弃疾多有补偿。只是从"道义"上讲,弃疾已经实在找不到自己的一块立锥之地了。失去了道德立足点的弃疾,最后只有自缢而死。

康熙帝和容若探讨《左传》这段故事的义理,倘使这是有意为之的话,无疑是为后者敲响一记警钟。一向以如临深渊、如履薄冰的心态应对侍卫工作的容若又怎会听不出皇帝的弦外之音呢?但他又能如何,他只能借助诗文巧妙、委婉地规劝父亲,劝他遏止自己的权力欲。但容若毕竟明白,父亲的权力欲其实也不会膨胀得更多了,他只是因为出身太低,年轻时受到的压制太多,如今在拼命地寻求补偿罢了。他不是鳌拜那种角色,至多也只是一个结党营私的巨贪而已,明察秋毫的康熙帝又怎会看不出呢?

二

康熙帝踏上了南巡之路,容若作为侍卫一路随行。既然太难在皇帝、父亲与恩师之间周旋融通,单独侍奉皇帝的日子突然显得不那么辛苦了。

一到江南,当地风物于容若而言既新鲜又熟识。新鲜,是因为他第一次踏上这片土地;熟识,是因为他早已在太多江南友人那里听说并理解了这里。一首《梦江南》呈现出来的正是这样的心态:

> 江南好,真个到梁溪。一幅云林高士画,数行泉石故人题。还似梦游非。

词意是说:江南好,这次我真的到了好友的故乡梁溪(无锡)。此处的泉石风景,自成一幅高士的山水画作。而当行经某些小风景,总能发现至交故友的题写,这感觉如同做梦一般。

词中提到的梁溪,是无锡以西的一道河水,无锡正是顾贞观的家乡。"一幅云林高士画"是一个很巧妙的修辞:"云林"一语双关,既指梁溪当地云雾笼罩的山林绝美异常,仿佛出自高手的画笔,又暗指元末画家倪瓒。倪瓒号云林居士,擅绘山水,人有超然出世之态,世称高士。梁溪风景有如倪瓒画境,这里的民风亦有倪瓒一般的高洁情趣。

"数行泉石故人题",旅途所见的无锡风景多有故人的题咏,这是因为这里是容若太多酒朋诗侣的故乡。这样的旅途疑真疑幻,使容若发出"还似梦游非"的感叹。

这里不但有最雅的人,还有最美的水:

> 江南好,水是二泉清。味永出山那得
> 浊,名高有锡更谁争。何必让中泠。

词意是说:江南好,无锡惠山泉无愧于"天下第二泉"的称号。泉水清澈隽永,就算流出山外也不会浑浊,还有哪里的泉水可以与之相比呢,为何平白让镇江金山的中泠泉占了"天下第一泉"的名头?

词中所谓"二泉",即无锡惠山泉,茶圣陆羽评之为"天下第二泉",那甘甜清冽的味道简直令容若震惊,从此也更加明白了汉人茶道的妙处。

山美水美,花儿自然也美:

> 江南好,佳丽数维扬。自是琼花偏得
> 月,那应金粉不兼香。[①]谁与话清凉。

词意是说:江南好,繁花之美最属扬州,琼花占尽扬州那天下第一的月色,且香气远胜别种花卉。这馥郁的清凉,谁来与我一同分享?

琼花是扬州最著名的花卉。宋人周密《齐东野语》有记载说,扬州后土祠琼花,天下只此一株。所以宋人韩琦《后土祠琼花》称"维扬一枝花,四海无同类"。但是,在这个得天独厚的地方,人比琼花更美:

---

① 兼香:香气之馥郁倍于群芳。兼,这里是"倍"的意思。

昏鸦尽,小立恨因谁。急雪乍翻香阁絮,轻风吹到胆瓶梅。①心字已成灰。

词意是说:黄昏暮沉沉,乌鸦尽数归林,而女子仍失神地站在窗边,无人知道她的思念与恼恨系于谁。天空突然降雪,雪花随风飙飞,放肆入侵她的闺阁。花瓶里那枝暗香浮动的梅,也在风的寒意中瑟缩。熏香在不知不觉中焚尽,灰烬落地,形成一枚完整的心。

江南女子的气质,多有妻子卢氏的影子。容若心有戚戚焉,他在这里甚至读到了女子所写的诗词。江南佳丽地,有多少来自闺阁的妙丽诗词在人间流传。最令他动容的词,来自一位"天海风涛之人"。

三

唐文宗太和九年的洛阳城里,少女柳枝清丽可人。

她是洛阳一名富商的女儿,她就是那样无知无觉、无忧无虑地生活在洛阳的花香月色里,对这里络绎往来的迁客骚人们无动于衷。这些与她有何相干呢?她每天挂念的,不过是诗读到了哪一卷、点

---

① 急雪乍翻香阁絮:《晋书·列女传》载,王凝之的妻子谢道韫聪慧有才辩,曾在一次阖家赏雪的时候,叔父谢安问说这雪与何物相似,谢安哥哥的儿子谢朗比之作向天撒盐,谢道韫答道"未若柳絮因风起",谢安大悦。

心够不够甜、未完成的信以及花开的时间。

　　柳枝的父亲死于经商旅途中的风波，母亲在所有子女中独独关爱柳枝。也许是母亲的溺爱造就了柳枝任性的脾气，在这太和九年的洛阳花季里，十七岁的柳枝依然不知道婚嫁为何事。她常常等不及梳洗完毕便不耐烦地离开妆台，吹叶嚼蕊，用自己的音乐让自己着迷。那不是小女子的悠悠乐歌，而是天海风涛之曲、幽忆怨断之音，非世俗的耳朵所能领会。

　　邻居们的耳朵恰恰从不曾超出世俗之外，这倒正是任何社会里的标准格局。他们疑惑柳枝为何迟迟还不谈婚论嫁，为何活得疯癫癫的如同醉梦一般？除了一桩及时而体面的婚姻之外，碌碌的大多数从不晓得对一名适婚年龄的少女还有哪些方面值得议论。

　　柳枝浑然不以为意，毕竟她不是为他们活着。这条里巷中能引她动心的事情并不很多。直到这一天，当一位近邻，年轻的李让山，在柳枝家旁吟诵诗句的时候，那悠扬的音律与幻彩的意象竟然令一向都无忧无虑的柳枝陷入了忧伤。

　　李让山在南柳之下吟咏的诗句惊动了柳枝，她沉睡十七年的青春猛然苏醒，轻问："谁人有此？谁人为是？"那种激动，好似某个穷其一生皆在寻访知音的人，不经意间觅到了知音人雪泥鸿爪的消息。李让山答道："这是我同里中一个叔辈的少年写的。"

诗人居然近在咫尺，柳枝当即拜托李让山回去向这位叔辈的少年乞诗。许是怕他应许得不由衷，柳枝匆忙间扯断自己的衣带，紧紧结在李让山的臂上。"请你务必记得我的嘱托"，这就是那半截衣带要说的话。

第二天，那位"叔辈少年"，二十三岁的诗人李商隐与李让山并马而行，行过柳枝家所在的里巷。他或许并不在意自己创作的《燕台四首》是否将在中国诗歌史上成为朦胧诗的真正滥觞，倒是眼下一名少女所表现出的欣赏和理解更加令他狂喜。

柳枝正在原地等候。她环抱双臂立于树下，一脸骄傲。但精致纤巧的双鬟泄露了她的秘密，她显然认真打扮过。远远瞥见李商隐，她抬起手来指向诗人，故作漫不经心："写诗的那个人就是你吗？"

少女俏皮又傲慢的神情令李商隐忍俊不禁，笑过，他点头称是，长长的一揖既有谦恭，亦有对知音人柳枝的感激。

那一刻，春风沿着柳枝抬起的手指灌满她的衣袖，一股突如其来的热切一下子鼓足了她的勇气。柳枝稍作犹豫，旋即发出大胆的邀请，说自己将于三天之后湔裙水上，以博山香相待。

这是唐朝开放风气下特有的浪漫。而柳枝芬芳饱满的面颊，与唇边似有还无的笑意，令诗人再无拒绝之理。

湔裙水上，顾名思义是在水边浣洗衣裙，这是三月三日上巳节的特殊风俗，家家户户的女人们齐聚水边洗衣，认为这可以被除全年的晦气。其实到了唐代，被除的意涵几乎已消隐无迹，上巳节紧接清明，所有接连起来的这些日子全被用来满足人们游春踏青的热情。那一天里"长堤十里转香车，两岸烟花锦不如"，会有"垂柳金堤合，平沙翠幕连"，会有各种杂耍、美食、竞技和歌舞，会有少年男女的一见钟情，会有九州豪客的一醉方休。除了烦恼和孤独，那一天的水滨定是应有尽有。

上巳那天，在水滨的踏青盛事上，在东都洛阳所有的嬉游者中间，柳枝将要持着博山香炉，与那个写出了令她心荡神驰的句子的男子，完成一场蓄谋不久的约会。李商隐已经以绝世的才华展示过自己，柳枝亦将以刻意而为的妆容来展示自己。无论她听到他，抑或他看到她，都会在一瞬间惊觉，知晓对方就是知己，彼此能够毫无阻碍地窥见对方的灵魂，正如能够毫无阻碍地窥知自己心底最深处的隐秘。

但约会在此戛然而止，因为同赴长安应试的同伴恶作剧地窃走了李商隐的行装先行西去，逼得他无法在洛阳逗留。三日后的邀约再美丽，他也不能等，只有匆忙地追赴长安去了。

春去秋来不相待，转眼间秋天也逝去了。这一年冬天，长安大雪，李让山从雪中带来了柳枝的消息：她已被一名藩镇节度使聘为姬妾。一场爱情，尚未开始便宣告结束。

四

柳枝，这个"天海风涛之人"因为李商隐的诗句而垂名于中国诗歌史上，令一代代的多情之人为之叹惋扼腕。在江南的柔媚风光里，纳兰容若忽然也生出了对柳枝的爱慕，他在写给严绳孙的一封信里这样讲到：[大意] 汉槎兄（吴兆骞）病重，我这一去不知道归来之时还能不能再见到他，一想到这里就会流泪。我近年总在鞍马间奔波，益觉疲顿，从前的壮志都已经消磨殆尽了。古人说身后名不如生前一杯酒，说得真好。……请兄方便的时候为梁汾（顾贞观）找个谋生之计。古人说做官的好处不过是多得钱财，我们这些人只要能做饱暖闲人，又何必汲汲于仕途呢！兄所识的那位"天海风涛之人"不知道此番可有晤对的机会？弟胸中块垒，非酒可浇，只有慧心人、知心话才可消得。沦落之余，只想葬在柔乡，不知能否如愿呢？

为容若所惦念却尚未有机缘谋面的这个"天海风涛之人"就是江南才女沈宛。她只是一名歌女，身份受人轻贱，却因为写得一手好诗，填得一手好词，为自己挣足了才名。

沈宛是乌程人，尤其以填词名擅江南。专门有文人收录她的词作，汇编成集，名为《选梦词》。当时著名歌女的归宿往往是庸俗不堪的富商大贾，但女人一旦有了文才，总还是会被天下知名的才子吸引，总会生出任何财富都无法取代的精神需求。

　　沈宛久也听闻过纳兰容若的名声，当然，更爱极了他那些传唱天下的词作。当严绳孙和顾贞观向她发出邀请，邀他北上与容若会面的时候，她几乎没有任何的犹豫。这是少女渴望面见偶像的心理，她却不知道，他此刻正在南下的途中，一路上也越发仰慕起她来。

　　一首《菩萨蛮》，是容若想象中的沈宛：

　　　　惜春春去惊新燠。粉融轻汗红绵扑。妆罢只思眠。江南四月天。　　绿阴帘半揭。此景清幽绝。行度竹林风。单衫杏子红。

　　词意是说：［上阕］忽然发觉天气变热，才知道春天即将过去。伊人用红绵粉扑轻拭微微沁出的汗，在江南的四月天里，她才梳妆完毕却又慵懒得只想睡去。［下阕］绿荫掩映下，窗帘掀开一半，这真是无比清幽的风景啊。看她身着杏子红的单衣，在暖风中打竹林穿过。

五

　　当容若北返之后，沈宛已经在京城等他。两人交往的经过今天已经不得其详，但至少可以肯定的是，短暂的欢愉是以无边的痛楚为代价的。沈宛有一首《菩萨蛮·忆旧》道出了蛛丝马迹：

215

雁书蝶梦皆成杳。月户云窗人悄悄。记得画楼东。归骢系月中。　醒来灯未灭。心事和谁说。只有旧罗裳。偷沾泪两行。

从词意推断，两人在热恋之后，不但很少有机会相聚，甚至连书信都无法相通。沈宛一如所有陷入苦恋中的女子一样，在无比焦灼的日日夜夜里不断重复着期待与流泪的过程。

其实在那个男权社会里，男人三妻四妾本属平常。既然两情相悦，纳沈宛为侧室实在是一件再正常不过的事情。但沈宛身份特殊，太难迈进容若一家的门槛。线索就在容若的一首《浣溪沙》里：

欲问江梅瘦几分。只看愁损翠罗裙。麝篝衾冷惜余熏。　可耐暮寒长倚竹，便教春好不开门。枇杷花底校书人。

词意是说：[上阕] 要想知道那个如江梅一般清雅的女子近来究竟消瘦了几许，只消看一看她身上的翠罗裙被愁绪折磨得宽松了几分。麝香已在薰笼里燃尽，被子渐渐凉了下来，那一点余温最让人怜惜不过。[下阕] 她就在这寒冷的暮色里久久地倚着修竹，纵然春光大好，她也懒得走出门外，只在枇杷花底，静静写诗填词而已。

词的下阕最耐人寻味："可耐"即无奈、可

叹。"倚竹"是个诗歌套语,出处在杜甫的"天寒翠袖薄,日暮倚修竹",写贵家女子生活的沦落和沦落之后保守的节操。而春光明媚也不开门则说明了至少两种可能性:一是她心里不痛快,把自己封闭了起来;二是她心里想着某个遥远的情郎,因为得不到爱情的慰藉,便对撩动的春光也无动于衷了。这女子到底是什么人呢?末句给出了答案:"枇杷花底校书人。"这是用唐代才女薛涛的典故,王建有诗"万里桥边女校书,枇杷花里闭门居。扫眉才子知多少,管领春风总不如"。"女校书"、"枇杷花"、"闭门居"都在王建这首诗里找到了出处。

"校书"本是"校书郎"的简称,是一种官职,通常由有学问的人担任,负责校对皇家藏书。李白有个叫李云的族叔就做过校书郎,李白为他写过一首《宣城谢朓楼饯别校书叔云》,其中名句"弃我去者昨日之日不可留,乱我心者今日之日多烦忧"尽人皆知。要做校书郎这个官,需要才学,也需要细心,薛涛二者兼备,名气又大,便被当地的长官戏称为"女校书"。逐渐地,这个雅号的使用范围被扩大了,变成了乐伎的代称。

沈宛正是这样的身份,虽然只卖艺,不卖身,类同于今天的演艺明星,但在当时的社会环境里,任何清白人家都不愿意娶进一个演艺圈出身的媳妇,何况明珠府这样的高门大户呢!再者,旗人严禁与普通百姓通婚,康熙一朝严守这样的婚姻政策,不给任何人开方便之门。容若如果坚持要娶沈宛,要抗拒的是以一己之力根本无法抗拒的重重阻力。

六

倘若不是在北京,而是在江南,倘若他们两个只是无牵无挂的个体,那该多好。我们比较这一时期容若与沈宛的诗词,会发现沈宛的情绪多是幽怨,容若的情绪多是无奈和逃避现实的幻想。容若《遐方怨》写道:

> 欹角枕,掩红窗。梦到江南,伊家博山沉水香。浣裙归晚坐思量。轻烟笼浅黛,月茫茫。

词意是说:掩住窗子,斜靠枕头,梦到江南。梦到她手持博山炉,燃着沉水香。到水滨洗衣,归来时天色已晚,她默然而坐,心事满腹。此时外面,淡淡的雾气笼罩着远山,月色浩荡而来。

博山炉和沉水香,完全是柳枝等待李商隐时候所持的物件。容若希望柳枝和李商隐的约会可以成真,更希望自己和沈宛的幸福可以成真。古乐府有这样的诗句:"欢作沉水香,侬作博山炉。""欢"是古时南方女子对情郎的爱称,沉水香就是要在博山炉静静焚烧才最能发挥出它那稀世的香气。但是,沉水香和博山炉是天生的伴侣,柳枝和李商隐却不是，容若与沈宛也不是。

　　沈宛只能被安置在京城的一角，一处容若单独为她购置的宅院。这仿佛是金屋藏娇的故事，但当事人全没了缱绻缠绵的心情，每日里越发只在无尽的纠结与烦恼里惶惶不可终日。大清帝国不能接受这样的婚姻，明珠不能接受这样的儿媳，官氏不能接受这样的姐妹，于是，沈宛再也不能接受这样的生活。

　　她索性想到南归，无论他如何挽留。彼此仿佛日渐生疏了，又仿佛从来都是这么生疏。"相看仍似客"，就是这样一种感觉吧。容若的无奈，以及在无奈中的勉强挽留，写在一首《菩萨蛮》里：

　　　　乌丝画作回纹纸。香煤暗蚀藏头字。[①]筝雁十三双。输他作一行。[②]　　相看仍似客。但道休相忆。索性不还家。落残红杏花。

　　词意是说：［上阕］乌丝阑纸上写有回文诗句，用芳香的眉笔涂掉了诗句每一行的第一个字，留给收信人去猜想。信上字迹工整排列，最要紧的句子却是藏头诗里的藏头一句。［下阕］彼此相看时仍觉陌生，她一味要走，让我别再想她。索性就

---

① 香煤暗蚀藏头字：香煤，一指女子的眉笔，一指点燃的香火，皆可通。藏头，一种诗体，每句的第一个字可以连读表意。此句指以眉笔或香火蚀去信笺上所书之藏头诗每行的第一个字，让收信人去猜。
② "筝雁"二句：筝十三弦，每根弦下边都有一个筝柱，筝柱斜向排列，好像大雁的队列，故称雁柱。此处似指女子写来的书信上字迹工整排列，最要紧的句子却是藏头诗里的藏头一句。

不要回去了吧，在这个红杏纷纷从枝头飘落的季节。

但他毕竟留她不住。这怪不得他，毕竟他也曾站在她的角度设想她的幽怨，那一首《临江仙》仿佛就是代她向自己的申诉：

> 昨夜个人曾有约，严城玉漏三更。一钩新月几疏星。夜阑犹未寝，人静鼠窥灯。　　原是瞿塘风间阻，错教人恨无情。小阑干外寂无声。几回肠断处，风动护花铃。

词意是说：[上阕] 昨夜与情郎约定，在三更时分相会。天际一弯新月，伴着几颗星。夜将尽，她还在等待中未眠。一片静谧，只有老鼠在灯下张望不停。[下阕] 他定是被什么事情耽搁了吧，刚才真不该暗恨他无情爽约。小栏杆外寂静无声，没有人来，只有几次轻风吹响了护花铃，提醒独自等待的她现在多么寂寞，徒增伤悲。

词中最耐人寻味的句子是"原是瞿塘风间阻，错教人恨无情"。瞿塘峡有湍流险滩，有狂风巨浪，行船每每被阻隔于此。容若当然不是要说地理上的那个瞿塘峡，而是以瞿塘峡比喻不可抗拒的外力，是这些外力的缘故，使自己不得不辜负沈宛，"错教人恨无情"，沈宛却误以为他薄情寡义。

其实以沈宛的蕙心纨质，又怎可能真的有这样的抱怨呢?女人家的言语千百年来都是这样,无论是有情或无情的原委,一概不讲道理地认为是情郎薄情的缘故。但容若毕竟低估了沈宛的决心,她无法忍受这种咫尺天涯的相思滋味,无法忍受越来越多的冷眼和冷遇。还是江南的家乡最好,在那里慢慢读着从北方流传过来的最新的纳兰词,在真正的千里之外让心底泛起一些并不奢华的思念,也许这才对彼此更好吧?

七

这样的感情酷似天边的一抹彩云,美则美矣,但转眼便消散无踪,以深沉的夜色来回馈那些痴痴仰望天空的人。沈宛终于离去了,在容若的《虞美人》里,彩云随着沈宛的离去而消散了:

> 彩云易向秋空散。燕子怜长叹。几番离合总无因。赢得一回偎傍一回亲。 归鸿旧约霜前至。可寄香笺字。不如前事不思量。且枕红蕤欹侧看斜阳。

词意是说:[上阕]彩云容易在秋空飘散,燕子听闻多情之人的长叹也会心生怜惜。几番离合总是偶然,让人时而烦恼,时而温暖。[下阕]霜信来临之前,看到守时的大雁飞过,可以托大雁把书信带给远方的人吗?不如索性不要想那些爱恨纠缠的往事吧,且倚在绣枕上看那夕阳西下。

　　沈宛毕竟走了,留下一首《一痕沙·望远》,算作对情人最后的告白吧:

　　　　白玉帐寒夜静。帘幙月明微冷。两地看冰盘。路漫漫。恼杀天边飞雁。不寄慰愁书柬。谁料是归程。

　　"谁料是归程",历史上有多少诗词都抒发着对归程的期盼,只有沈宛这一首,字里行间藏着对归程的多少怨怼呢。她永远地离开了容若,对后者而言,她带走了卢氏的最后一片影子。

拾叁 有限好春无限恨

一

转眼便是康熙二十四年（1685），容若已是三十一岁。不知从什么时候起，他已经荣升为一等侍卫了。这是正三品的级别，带着无限尊崇的光环。论年资，论功劳，这都是他应得的，但只见旁人为他庆贺，却不见他自己将这一场在所有人看来都属于至关重要的升迁放在心上。

先是卢氏之死，后是沈宛之别，令他愈发落落寡合起来。应顾贞观所请托而辛苦营救出来的吴兆骞也匆匆在京城辞世了，毕竟不曾回到他的江南故土。一切的生离死别，一切的成住坏灭，使他愈发感受到命运的无常。他曾经误以为自己有幸出身于贵胄之家，有能力完成太多的事业，操控得了太多的事情，然而命运一再给他否定的提示，夺去一切他所真心在意的，只给他保留住那毫无用处的门第和富贵。

他只有将越来越多的精神投入词的世界里，毕竟只有这里才让他感到是自己真正可以把控的地界。他有心重新编选一部当代的词集，或许只是想借着这件事来忘记所有的忧伤吧。他写信给梁佩兰（号药亭），一位远在广东惠州的宿儒，邀请他北上京城，助自己完成这部词选。

这封书信被后人称为《与梁药亭书》，它的意义不仅仅是一封书信，而是文学史上极重要的一份宣言：

仆少知操觚，即爱《花间》致语，以其言情入微且音调铿锵、自然协律。唐诗非不整齐工丽，然置之红牙银拨间，未免病其版揞矣。

从来苦无善选，惟《花间》与《中兴绝妙词》差能蕴藉。自《草堂词统》诸选出，为世脍炙，便陈陈相因，不意铜仙金掌中竟有尘羹涂饭，而俗人动以当行本色诩之，能不齿冷哉。

近得朱锡鬯《词综》一选，可称善本。闻锡鬯所收词集凡百六十余种，网络之博、鉴别之精，真不易及。然愚意以为，吾人选书不必务博，专取精诣杰出之彦，尽其所长，使其精神风致涌现于楮墨之间。每选一家，虽多取至十至百无厌，其余诸家不妨竟以黄茅白苇概从芟薙。青琐绿疏间粉黛三千，然得飞燕、玉环，其余颜色如土矣。

天下惟物之尤者，断不可放过耳。江瑶柱入口，而复咀嚼鲍鱼、马肝，有何味哉。仆意欲有选如北宋之周清真、苏子瞻、晏叔原、张子野、柳耆卿、秦少游、贺方回，南宋之姜尧章、辛幼安、史邦卿、高宾王、程钜夫、陆务观、吴君持、王圣与、张叔夏诸人多取其词，汇为一集，余则取其词之至妙者附之，不必人人有见也。

不知足下乐与我同事否？有暇及此否？处雀喧鸠闹之场而肯为此冷淡生活，亦韵事也。望之。望之。

这封信的大意是说：我从年纪很小的时候就开始喜欢上五代时期《花间集》里那些优美的词句了，词的抑扬顿挫的音律自然宛转，大有超过唐诗的地方。但我一直不满的是，世间竟然从不曾出现过一部好的词选，勉强也只有《花间集》和《中兴绝妙词》吧。《草堂词选》之类的选本刊行之后，虽然也很受欢迎，但编选不够精良，以至于一些庸俗之人将这些选本里的一些俗词当作词的本色，这就太令人遗憾了。

近来朱彝尊编选了一部《词综》，虽然博大精深，甄选精良，但太太过于求博、求全了，以至于卷帙浩繁。在我看来，一部好的词选应当仅仅选录上佳的词作，不必作其他任何考虑。只要作品够好，哪怕对一位词人选录几十、上百篇也无妨；如果作品不好，也不必特意给这些词人留出位置。

我决意搜罗天下间最美的词，所以精选北宋的周清真、苏子瞻、晏叔原、张子野、柳耆卿、秦少游、贺方回的作品，还有南宋的姜尧章、辛幼安、史邦卿、高宾王、程钜夫、陆务观、吴君持、王圣与、张叔夏的佳作，对于其他词人，只选他们最出色的个别篇章，以此汇编为一部词选，不求面面俱到。

不知道梁先生是否愿意和我共同进行这项事业呢？在这个纷纭扰攘的世界里，默默编选古代的绝妙好词，这样的事业虽然寂寞，但在知心人看来，也算是一桩风流韵事吧？

二

面对这样的一份邀约，没有人会忍心拒绝。梁佩兰于是欣然北上，在那个交通不便的年代里，从广州到北京该付出多少的艰辛和热诚呢。他以为容若心气正高，决意为词坛做一番拨乱反正的大事业，却不曾从那封信里看出容若身上已经掩藏不住的暮气。

容若虽然还太年轻，心态却已经老迈了。沈宛未去的时候，他写的那首《金缕曲》此刻看来对人生更多了几分反讽的味道：

> 未得长无谓。竟须将、银河亲挽，普天一洗。麟阁才教留粉本，大笑拂衣归矣。①如斯者、古今能几。有限好春无限恨，没来由、短尽英雄气。暂觅个，柔乡

---

① 麟阁才教留粉本：麟阁，即麒麟阁，在汉未央宫中，汉宣帝曾把霍光等十一位功臣的画像藏于阁上，用以表彰功绩。粉本，绘画的底稿，这里代指图画。

避。① 东君轻薄知何意。尽年年、愁红惨绿,添人憔悴。两鬓飘萧容易白,错把韶华虚费。便决计、疏狂休悔。但有玉人常照眼,向名花、美酒拚沉醉。天下事,公等在。

词意是说:[上阕]人生怎能长久庸碌下去呢,宁愿力挽天河,洗净乾坤。建功立业,在麒麟阁上留下画图,然后功成身退,深藏身与名,这样的人古往今来也没有几个。青春有限,忧愤无穷,英雄志向无端消磨殆尽,不如暂且寻个温柔乡罢了,不再过问世事。[下阕]司掌春天的神仙难道生性轻薄么,到底为何年年弄出惹人忧伤的花草让人平添憔悴呢?不经意间,鬓发已花白,大好年华成虚度,索性疏狂到底。只要眼前常有美人,可以尽情在名花与美酒中沉沦,那么天下事就交给你们来操心吧。

当时的容若还有沈宛这最后一个温柔乡可以栖息和躲避,但随着沈宛的决绝离去,就连"暂觅个,柔乡避"这句话也突然成了虚语。朝廷里边,康熙帝对明珠从信任越发转为猜忌,徐乾学也在康熙帝的暗示下越发对明珠采取了势不两立的姿态,顶头上司兼岳父大人越发不满意容若对官氏的冷

---

① "没来由"四句:容若致顾贞观书有:"从前壮志,都已灰尽。昔人言,身后名不如生前一杯酒,此言大是。弟是以甚慕魏公子之饮醇酒、近妇人也。沦落之余,方欲葬身柔乡,不知得如鄙人之愿否耳。"案:书信中所谓魏公子是指战国"四公子"之中的信陵君魏无忌,信陵君窃符救赵之后,名高遭忌,为求自保,不得不在醇酒美妇之中度过余生。

落,一切一切错综复杂的关系交织、纠缠在一起,教天真而敏感的容若如何是好呢?

三

沈宛的离去与吴兆骞的死,如同两朵阴云交叠着盘绕在容若的心头,越发使他生出无奈与无常的况味。这两人的命运仿佛是容若自身命运的预表,尤其是后者,看似与容若天地悬殊,其实却有太多的酷似。

所以那篇《祭吴汉槎文》,容若为吴兆骞撰写的祭文,读起来简直像是在自伤身世:

> 呜呼,我与子昔,爱居爱处。谁料倏忽,死生异路。自我别子,子病虽遽。款款话言,历历衷素。初谓奄旬,尚可聚首。俄然物化,杨生左肘。青溪落月,台城衰柳。哀讣惊闻,未知是否。畴昔之夜,玄冕垂缨。呼我永别,号痛就醒。非子也耶,仿佛精灵。我归不闻,子笑语声。子信死矣,传言是矣。帷堂而哭,寡妻弱子。七十之母,远在故里。返輤何日,倚闾何俟。嗟嗟苍天,何厚其才。而啬其遇,亦孔艰哉。弱龄克赋,左马右枚。未题雁塔,先泣龙堆。中郎朔方,亭

伯辽海。萧萧寒吹，荒荒破垒。子穷过此，二十四载。凌云欲奏，狗监安在。自我昔年，邂逅梁溪。子有死友，非此而谁。金缕一章，声与泣随。我誓返子，实由此词。皇恩荡荡，磅礴无垠。阜帽归来，鸣咽霑巾。我喜得子，如骖之靳。花间草堂，月夕霜辰。未几思母，翩然南棹。凭舻发咏，临流垂钓。舟还巨壑，鹤归华表。朋旧全非，容颜乍老。中得子讯，卧疴累月。数寄尺书，趣子遄发。授馆甫尔，遂苦下泄。两月之间，便成永诀。自古才人，易夭而贫。黄金突兀，白玉嶙峋。以彼一日，易我千春。知子不顺，卓哉斯文。子志未竟，子劳已息。有子与女，块然苫席。言念交期，慰尔营魄。灵兮鉴之，无嗟远客。尚飨。

这篇祭文里，有一则典故用得别有会心，别有感同身受的况味。"俄然物化，杨生左肘"，这是《庄子》里的寓言故事：滑介叔的左臂突然长了一个瘤子，支离叔问他是不是嫌恶它，滑介叔说不嫌恶，身体只不过是尘垢暂时的聚合，死生好比昼夜的轮转，我和你一起观察万物的变化，而变化降临到了我自己的身上，我有什么可嫌恶的呢？

在庄子看来，人之所以成为人，并非出于造物主的特殊安排，只不过是一种偶然罢了，没什么值得骄傲的。人和蝴蝶、虫子、老鼠等等没有什么本质的不同。所以《庄子》还讲到几个志同道合的朋友谈论生死问题的故事，他们认为生死存亡浑然一体，就算身体生了重病，有了严重的残疾，也无所谓。如果左臂变成了鸡，就用它来报晓；如果右臂变成了弹弓，就拿它打斑鸠吃。生为适时，死为顺应，安时而处顺，就不会受到哀乐情绪的侵扰。

后来，子来病得快要死了，妻子围着他哭泣，子犁却让子来的妻子走开，不要惊动这个将要变化的人。然后他又对子来说："了不起啊，不知道造物主这回要把你变成什么东西呢，要把你送到哪里去呢？会把你变成老鼠的肝脏吗，还是把你变成虫子的臂膀呢？"

一切都是"物化"，《庄子》以梦蝶的故事来定义何谓"物化"：庄子回忆自己曾经梦为蝴蝶，翩翩飞舞，悠游自得，当真觉得自己是只蝴蝶，而不知道庄周是谁。突然醒觉，自己分明是庄周，不是蝴蝶。这真让人迷惑呀，到底是蝴蝶梦为庄周呢，还是庄周梦为蝴蝶，何者是真，何者是梦？庄周和蝴蝶分明是两回事呀。这，就叫作物化。

人的死亡不过是物化的一个过程，不值得悲伤，亦不值得喜悦，只要将它当作一种自然而然的转变而坦然接受下来就好。吴兆骞的人生被权力所拨弄，纳兰容若的人生被感情所拨弄，也都是自然而然当中的一个个偶然的联结罢了，命运的真谛不外如是。

"自我昔年，邂逅梁溪。子有死友，非此而谁。金缕一章，声与泣随。我誓返子，实由此词"，在这几句里，容若回顾了自己与吴兆骞结缘的经过：当初与顾贞观的相遇只是命运的偶然，自己因顾贞观的两首《金缕曲》而感动，许下了营救吴兆骞的誓言，当时如许热血沸腾的事情，回顾起来无非仍在命运的拨弄里罢了。只因为一个偶然的邂逅者，因为两首词的缘故，便耗费多少心力将一个素未谋面的人救出苦寒之地，而如此种种究竟换来了什么呢？"我喜得子，如骖之靳。花间草堂，月夕霜辰"，这样的喜悦才维持了多少天的工夫，便转为"两月之间，便成永诀"的噩耗了呢！人生如此，夫复何言！

四

这一年的五月，好友曹寅的登门到访终于使容若有了几天开心的时候。

曹寅曾经做过康熙帝的侍读，后来和容若一样做了侍卫，两人颇为交好。曹寅此来，带着一个很雅致的目的：他随身带着一幅《楝亭图》，图中所绘正是曹家先人在江宁构建的楝亭的景象，曹寅很希望为这幅画得到容若的题词，还希望借助容若在文坛的人脉得到更多的一流文士的墨宝。

容若欣然为题一首《满江红·为曹子清题其先人所构楝亭，亭在金陵署中》：

籍甚平阳，羡奕叶、流传芳誉。①君不见、山龙补衮，昔时兰署。②饮罢石头城下水，移来燕子矶边树。③倩一茎、黄楝作三槐，趋庭处。④　延夕月，承晨露。看手泽，深余慕。更凤毛才思，登高能赋。入梦凭将图绘写，留题合遣纱笼护。⑤正绿阴、青子盼乌衣，来非暮。⑥

词意是说：[上阕]如此令人羡慕的高贵家世啊，一直有美誉流传。你的祖先曾经在中央朝廷担任要职。令尊大人后来被派往江宁，才饮罢石头城下的江水，便将燕子矶边的树木移栽到庭院里来，那一株黄楝就种在中庭，如古代三槐一样寓意子孙

---

① **奕(yì)叶**：累世，代代。唐《郊庙歌辞·梁太庙乐舞辞·象功舞》有"雄名不朽，奕叶而光"。
② **兰署**：即兰台，汉代宫中收藏典籍之处，后来也指御史台，唐代秘书省亦称兰署，这里用以尊崇曹氏的门第。
③ **饮罢石头城下水**：尉迟偓《中朝故事》载，李德裕在朝为官时，有人出使京口(今镇江)，李德裕便托付他取一壶金山下扬子江中的水。此人回程时忘了此事，等船到了石头城下才想起，只好立刻从江中汲了一壶水，回来之后献给李德裕。李德裕喝过之后，说水的味道与当年不同，像是建业石头城下的江水。取水之人这才向李德裕坦白并道歉。
④ **三槐**：比喻位至三公。《周礼·秋官·朝士》载，面向三槐为三公之位。《邵氏闻见录》载王祐曾经在庭院里种了三株槐树，认为自己的子孙一定会有人官至三公，后来他的儿子王旦果然做了宰相，人们便称王家为三槐王氏。
⑤ **留题合遣纱笼护**：王定保《唐摭言》卷七载，王播年少时孤贫无依，曾寄宿在扬州惠昭寺木兰院。僧人们很讨厌他，常常提前开饭，等王播来的时候饭已经没了。二十年后，王播身居要职，出镇扬州，于是去惠昭寺木兰院访旧，只见自己当初题在墙上的诗句都已经被僧人们用碧纱小心地保护了起来。
⑥ **来非暮**：据《后汉书·廉范传》，廉范字叔度，调任蜀郡太守，廉范发现，蜀郡以前为了防止火灾，禁止百姓在夜间点灯做工，但禁令没人遵守，百姓还是偷着点火做工，由此引发的火灾依然不断。廉范便撤销了以前的禁令，允许百姓在夜间点火做工，只是严令大家储水以防火灾。百姓深受其惠，便歌来称颂他说："廉叔度，来何暮，不禁火，民安作，平生无襦今五裤。"容若反用其意，说"来非暮"，意思是蜀郡百姓只遗憾廉范来得太晚，而曹氏一家来南京并不算晚，南京百姓将受惠更多。

232

将来会位至三公。[下阕]时光荏苒，先人的手泽令人钦慕不已，你的才华气度丝毫也不亚于先人。是先人在梦中有嘱托吗，你绘制下这幅《楝亭图》，而我们这些朋友对此画的题咏，将来也会被珍重地流传下去吧。江宁百姓正盼望着你的治理，你在那里做官可谓恰逢其时。

这首词用了大量的典故来赞美曹家的家世与功德，也算是应酬作品当中的极致了吧。

纳兰容若与曹寅的交往曾经是红学领域里的一个焦点话题，事情肇端于乾隆帝：乾隆帝第一次读到《红楼梦》的时候，很笃定地说过："此明珠家事也。"当然，仅仅从文学的角度上看，一部小说到底是实有所本也好，空中楼阁也罢，都是无足轻重的事情，然而站在考据的角度，钩沉往事，至少是有些历史意义的。

索隐派的红学家一再声称，《红楼梦》就是以明珠的家世为蓝本的，纳兰明珠和纳兰容若正是贾赦和贾宝玉的原型，渌水亭是大观园的原型，纳兰容若与酒朋诗侣们在那里的诗词唱和的快哉生活正是大观园海棠诗社之所本。曹雪芹的这些见识，便是来自与容若交好的祖父曹寅。而在容若去世之后，容若之弟揆叙与曹寅一道在政坛上站错了队，被雍正帝严厉报复，其情形恰如《红楼梦》四大家族"一荣俱荣，一损俱损"。

五

这一年的五月二十二日,风尘仆仆的梁佩兰终于现身于渌水亭了。这应该是词坛盛事的美好开场,顾贞观、姜宸英等人一同来此,为这位词坛前辈接风洗尘。

这是夜合花开的季节,待饮酒入夜时,百花俱寂,在白昼里一直张开的羽状复叶悄然间成对相合,实在是难得一见的景象啊。夜合花也叫马缨花、合欢花,花朵是粉红的颜色,但奇特的不是它的花,而是叶片,昼开夜合,如同缓慢异常的呼吸。渌水亭里新植了两株夜合花树,便成了这一天里这些文坛顶尖高手竞相赋诗的题目。

容若的《夜合花》是公认最美的一首:

> 阶前双夜合,枝叶敷华荣。
> 疏密共晴雨,卷舒因晦明。
> 影随筠箔乱,香杂水沉生。
> 对此能消忿,旋移近小楹。

古人传说,夜合花有"消忿"的功能。嵇康《养生论》称"合欢蠲忿,萱草忘忧",崔豹《古今注》称"树之阶庭,使人不忿也",意思是说,庭园里种上一株夜合花(合欢),可以使人舒缓心情。容若因为心里有太多之"忿"需要消解,故而特地移栽了一对夜合花在渌水亭畔。夜合花的旁边是茂盛的竹林，所以说"影随筠箔乱"；容若酷爱焚香，常常以珍贵的水沉香来涤除尘世的扰攘，水沉香焚烧中香雾与夜合花的香气交杂在一起，所以说"香杂水沉生"。

这一对夜合花树至今犹存，就在北京宋庆龄纪念馆内，明珠府的旧地。花树在这漫长的历史里已经长到了丈许高，并且被当作文物了。花树旁边有这样的说明文字："明开夜合花，本名卫矛。初夏开小白花，昼开夜闭，故名明开夜合花。康熙年间，此园是明珠府第，已有此树。明珠之子纳兰性德曾作诗赞曰：阶前双夜合，枝叶敷华荣，疏密共晴雨，卷舒因晦明。"

夜合花其实并非卫矛，花朵也并非白色，昼开夜闭的也不是花朵，而是羽状的复叶。但这些细节终归无关紧要，要紧的是，这一对夜合花树，成双成对的夜合花树，成为容若一生中最后吟咏的对象，见证了容若短暂人生的最后时刻。在那一天的渌水亭宴集上，在那个所有人都相信是一代词坛盛世辉煌开启的时刻，已经有致命的阴霾在夜合花的花间笼罩。

就在《夜合花》赋成的第二天，容若突然病倒了。袭击他的是他从小就患有的寒疾，在接下来的七天里，当时最尖端的医术，最名贵的药材，最富足的财力，这一切都没能救回他的生命。容若"不汗而死"，时为康熙二十四年（1685）五月三十日,他才刚刚三十一岁的年纪。

六

翌年,沈宛诞下了容若的遗腹子,取名富森。因为史料的匮乏,我们对这个孩子的身世一无所知,只除了他的名字。卢氏当年难产而死,生下来的孩子取名海亮,后来未见于纳兰一家的序齿排行,想来在幼年便夭折了吧。

容若的长子名为福哥,为颜氏所生,性情与经历一如乃父,但也仅仅活到二十六岁便突然病逝了。容若的次子富尔敦在科举事业上连战连捷,但考中进士之后便似乎从历史舞台上突然消隐了一般。他或许做过小官,未及有任何建树便匆匆亡故。

纳兰容若还生有四个女儿,长女嫁给名臣高其倬,却在高其倬真正功成名就、飞黄腾达之前便匆匆故去了。容若的次女同样早卒,却早卒得幸运,未及看到可怕的败亡场面,因为她的夫婿便是雍正朝的第一风云人物年羹尧。容若的三女与四女生平不详,未审是否也罹患了纳兰容若"情深不寿"的痼疾。

容若的弟弟揆叙仿佛是乃父与乃兄的折中体,既有明珠纵横官场的手腕,又有容若捭阖文坛的辞章学问。揆叙后来做到翰林院学士,深得康熙帝的信任,死后谥号文端,这是对文臣的极高褒扬了。

揆叙也只活到四十三岁，但这对他而言未尝不是幸事。康熙四十七年（1708），揆叙就任工部侍郎的时候，正值皇太子被废，皇位继承人花落谁家成为一个无比敏感的问题。当年十一月，康熙帝命满汉诸大臣在畅春园商讨皇太子的人选，群臣茫然不知所措，揆叙趁机和几个素来交好的大臣私相讥议，各在掌心写了一个"八"字，辗转向同僚们暗示，群臣遂上奏建议立八皇子为太子。四皇子胤禛因此对揆叙等人恨之入骨，待后来阴差阳错，胤禛继位为雍正帝，便开始疯狂报复当年的揆叙一党，下诏对已经去世七年的揆叙夺官削谥，甚至磨去揆叙墓碑的碑文，改刻为"不忠不孝柔奸阴险揆叙之墓"。倘若纳兰容若得享天年，便会亲眼看到这一幕了，以他那颗诚挚而单纯的心又如何会经受得起。以此看来，在命运的波诡云谲里，早卒也未尝就是坏事。

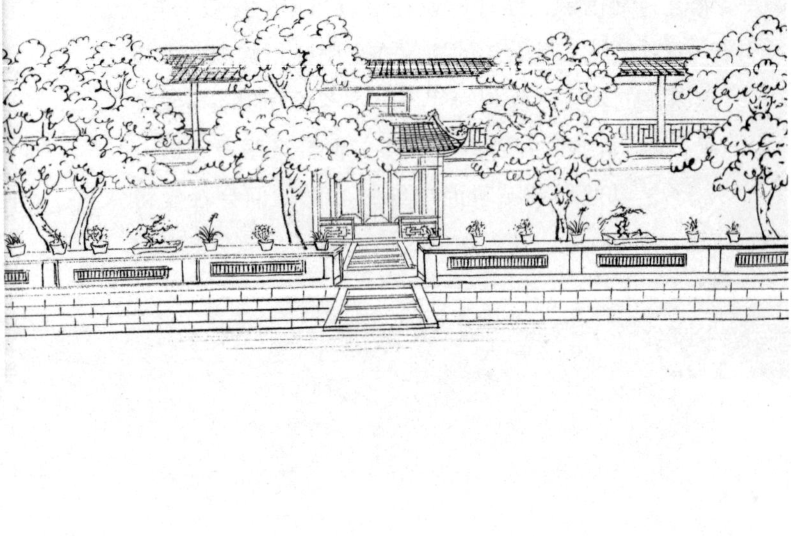

后记：遗迹

我们至今仍可以在北京后海之畔的宋庆龄故居看到些许纳兰容若当年生活过的痕迹。这个地方原是明珠府的花园，明珠败落之后，该地被乾隆帝宠臣和珅夺为别院。和珅倒台之后，乾隆帝第十一子成亲王永瑆成为这里的新主人，宅院的规模于是按照王府的标准扩建。成亲王永瑆即清代书法四大家"成铁翁刘"之"成"，真仿佛是纳兰容若的后身。及至晚清，这里又成为光绪帝的生父醇亲王奕譞的府邸。1949年以后，这里便成为宋庆龄在京的住所了。

今天北京海淀区人民大学附近，有一处叫作双榆树的地方。这里原本叫作桑榆墅，是明珠的一处园林，又称西郊别墅，园中多有桑树、榆树，故此得名。容若所建的"花间草堂"就在这里，这是容若与好友们最经常发生诗词酬唱的地方。如今这里经过一连番的城市改造，已经完全看不出旧日的痕迹了，只有"双榆树"这个以讹传讹的地名还能让我们想起纳兰容若当年的吟唱。

纳兰容若和妻子卢氏葬在纳兰家的祖茔，也就是今天北京海淀区上庄水库之畔。这里算是北京的远郊区了，今年建成了纳兰性德纪念馆，但可供纪念的文物毕竟不多。文革期间，纳兰祖茔遭到了彻底的毁坏，容若和卢氏的坟墓被掘开，尸骨被抛弃，墓碑充作生产队的台阶。幸而纳兰词和容若的爱情传奇在大时代的变迁里不曾有半点磨灭，在残酷的时间洪流里，这绝不是什么容易的事情。

容若写有一篇短文《书昌谷集后》，颇有谶语的味道：

> 尝读吕汲公《杜诗年谱》，少陵诗首见于冬日洛城谒老子庙时，为开元辛巳，杜年已三十，盖晚成者也。李长吉未及三十已应玉楼之，若比少陵，则毕生无一诗矣。然破锦囊中石破天惊，卒与少陵同寿，千百年大名之垂，彭殇一也。优昙之花，刹那一现；椿之树，八千岁为春秋。岂计修短哉！

文章谈到，自己读吕汲公《杜诗年谱》，才知道杜甫大约三十岁才开始写诗，真是大器晚成，而晚唐诗人李贺只活到二十多岁。这两位大诗人，作品各擅胜场，水准不相上下，而遭际竟然如此迥别。正如昙花只在夜晚一现，而《庄子》中的椿树以八千年为一春，以八千年为一秋，倘若以活出了辉煌绚丽为标准的话，两者又有什么区别呢？

写这篇文章的时候，容若不知道是否生出一丝预感，预感到自己也将是李贺一般的命运呢？这个璀璨而混乱的世界为我们呈现出各式各样的天才以及各式各样或平庸或跌宕的命运，愈细思便愈发觉得惊奇。

附录：通议大夫一等侍卫进士纳兰君墓志铭（徐乾学撰）

呜呼！始容若之丧，而余哭之恸也。今其弃余也数月矣。余每一念至，未尝不悲来填膺也。呜呼，岂直师友之情乎哉！余阅世将老矣，从吾游者亦众矣，如容若之天姿之纯粹，识见之高明，学问之淹通，才力之强敏，殆未有过之者也。天不假之年，余固抱丧予之痛，而闻其丧者，识与不识，皆哀而出涕也，又何以得此于人哉！

太傅公失其爱子，至今每退朝，望子舍必哭，哭已，皇皇焉如冀其复者，亦岂寻常父子之情也。至尊每为太傅劝节哀，太傅愈益悲不自胜。余间过相慰，则执余手而泣曰：惟君知我子，惠邀君言，以掩诸幽，使我子虽死犹生也。余奚忍以不文为辞。

顾余之知容若，自壬子秋榜后始，迄今十三四年耳。后容若入侍中，禁廷严密，其言论梗概，有非外臣所得而知者。太傅属痛悼，未能殚述，则是余之所得而言者，其于容若之生平，又不过什之二三而已。呜呼！是重可悲也。容若姓纳兰氏，初名成德，后避东宫嫌名，改曰性德。年十七补诸生，贡入太学。余弟立斋为祭酒，深器重之，谓余曰：司马公贤子非常人也。明年，举顺天乡试，余忝主司，宴于京兆府，偕诸举人青袍拜堂下，举止闲雅。越三日，谒余邸舍，谈经史源委及文体正变，老师宿儒有所不及。明年会试中式将廷对，患寒疾，太傅曰：吾子年少，其少俟之。于是益肆力经济之学，熟读通鉴及古人文辞，三年而学大成。岁丙辰应殿试，条对凯切，书法遒逸，读卷执事各官咸叹异焉。名在二甲，赐进士出身。闭门埽轨，萧然若寒素，客或诣者辄避匿。拥书数千卷，弹琴咏诗，自娱悦而已。

未几，太傅入秉钧，容若选授三等侍卫，出入扈从，服劳惟谨，上眷注异于他侍卫。久之，晋二等，寻晋一等。上之幸海子、沙河，及西山、汤泉，及畿辅、五台、口外、盛京、乌剌，及登东岳，幸阙里，省江南，未尝不从。先后赐金牌、彩缎、上尊御馔、袍帽、鞍马、弧矢、字帖、佩刀、香扇之属甚夥。是岁万寿节，上亲书唐贾至《早朝》七言律赐之。月余，令赋《乾清门应制》诗，译御制《松赋》，皆称旨，于是外庭佥言，上知其有文武才，非久且迁擢矣。呜呼，孰意其七日不汗死也！

容若既得疾，上使中官侍卫及御医日数辈络绎至第诊治。于是上将出关避暑，命以疾增减报，日再三，疾亟，亲处方药赐之，未及进而殁。上为之震悼，中使赐奠，恤典有加焉。容若尝奉使觇梭龙诸羌，其殁后旬日，适诸羌输款，上于行在遣官使拊其几筵哭而告之，以其尝有劳于是役也。于此亦足以知上所以属任之者非一日矣。

呜呼，容若之当官任职，其事可得而纪者，止于是矣。余滋以其孝友忠顺之性，殷勤固结，书所不能尽之言，言所不能传之意，虽若可仿佛其一二而终莫能而悉也，为可惜也。容若性至孝，太傅尝偶恙，日侍左右，衣不解带，颜色黝黑，及愈乃复初。太傅及夫人加餐，辄色喜，以告所亲。友爱幼弟，弟或出，必遣亲近傔护之，反必往视，以为常。其在上前，进反曲折有常度。性耐劳苦，严寒执热，直庐顿次，不敢乞休沐自逸，类非绮襦纨袴者所能堪也。自幼聪敏，读书一再过即不忘。善为诗，在童子已句出惊人，久之益工，得开元、大历间丰格。尤喜为词，自唐、五代以来诸名家词皆有选本，以洪武韵改并联属，名《词韵正略》。所著《侧帽集》后更名《饮水集》者，皆词也。好观北宋之作，不喜南渡诸家，而清新秀隽，自然超逸，海内名为词者皆归之，他论著尚多。其书法摹褚河南，临本禊帖，间出入于《黄庭内景经》。当入对殿廷，数千言立就，点画落纸无一笔非古人者。荐绅以不得上第入词馆为容若叹息，及被恩命，引而置之珥貂之行，而后知上之所以造就之者，别有在也。

容若数岁即善骑射，自在环卫益便习，发无不中。其扈跸时，雕弓书卷，错杂左右，日则校猎，夜必读书，书声与他人鼾声相和。间以意制器，多巧倕所不能。于书画评鉴最精。其料事屡中，不肯轻为人谋，谋必竭其肺腑。尝读赵松雪自写照诗有感，即绘小像，仿其衣冠，坐客或期许过当，弗应也。余谓之曰：尔何酷类王逸少！容若心独喜。所论古时人物，尝言王茂弘阘阘阘阘，心术难问；娄师德唾面自乾，大无廉耻，其识见多此类。间尝与

243

之言往圣昔贤修身立行，及于民物之大端，前代兴亡理乱所在，未尝不慨然以思。读书至古今家国之故，忧危明盛，持盈守谦，格人先正之遗戒，有动于中未尝不形于色也。呜呼，岂非大雅之所谓亦世克生者耶；而竟止于斯也。夫岂徒吾党之不幸哉！

君之先世有叶赫之地，自明初内附中国，讳星恳达尔汉，君始祖也，六传至讳养汲弩，君高祖考也。有子三人，第三子讳金台什，君曾祖考也。女弟为太祖高皇帝后，生太宗文皇帝。太祖高皇帝举大事而叶赫为明外捍，数遣使谕，不听，因加兵克叶赫，金台什死焉。卒以旧恩，存其世祀。其次子即今太傅公之考，讳倪迓韩，君祖考也。君太傅之长子，母觉罗氏，一品夫人。渊源令绪，本崇积厚，发闻滋大，若不可圉。配卢氏，两广总督兵部尚书都察院右副都御史兴祖之女，赠淑人，先君卒；继室官氏，某官某之女，封淑人；男子子二人，福哥，女子子一人，皆幼。

君生于顺治十一年十二月，卒于康熙二十四年五月己丑，年三十有一。君所交游，皆一时儁异，于世所称落落难合者，若无锡严绳孙、顾贞观、秦松龄、宜兴陈维崧，慈溪姜宸英，尤所契厚。吴江吴兆骞久徙绝塞，君闻其才名，赎而还之。坎坷失职之士走京师，生馆死殡，于赀财无所计惜。以故君之丧，哭之者皆出涕，为哀挽之词者数十百人，有生平未识面者。其于余绸缪笃挚，数年之中，殆日以余之休戚为休戚也，故余之痛尤深，既为诗以哭之，应太傅之命而又为之铭，其葬盖未有日也。
铭曰：天实生才，蕴崇胚胎，将象贤而奕世也，而靳与之年，谓之何哉！使功绪不显于旗常、德泽不究于黎庶，岂其有物焉为之灾。惟其所树立，亦足以不死矣，亦又奚哀！